民族文化技能传承系列教材

秀山花灯唱词集成

主　编　彭华友　彭　益　冉　妮
副主编　卢　琳　庄凌锐

中国财经出版传媒集团
中国财政经济出版社

图书在版编目（CIP）数据

秀山花灯唱词集成/彭华友，彭益，冉妮主编.--北京：中国财政经济出版社，2021.12
民族文化技能传承系列教材
ISBN 978-7-5223-0898-2

Ⅰ.①秀… Ⅱ.①彭…②彭…③冉… Ⅲ.①花灯戏—唱词—秀山土家族苗族自治县 Ⅳ.①I236.719

中国版本图书馆CIP数据核字（2021）第224974号

责任编辑：田明晖　　　　　责任印制：史大鹏
封面设计：陈宇琰　　　　　责任校对：徐艳丽

秀山花灯唱词集成
XIUSHAN HUADENG CHANGCI JICHENG

中国财政经济出版社 出版

URL：http://www.cfeph.cn
E-mail：tianmh@cfemg.cn
（版权所有　翻印必究）

社址：北京市海淀区阜成路甲28号　邮政编码：100142
营销中心电话：010-88191522　编辑部门电话：010-88190670
天猫网店：中国财政经济出版社旗舰店
网址：https://zgczjjcbs.tmall.com
北京中兴印刷有限公司印刷　各地新华书店经销
成品尺寸：185mm×260mm　16开　8.75印张　156 000字
2022年2月第1版　2022年2月北京第1次印刷
定价：25.00元
ISBN 978-7-5223-0898-2
（图书出现印装问题，本社负责调换，电话：010-88190548）
本社图书质量投诉电话：010-88190744
打击盗版举报热线：010-88191661　QQ：2242791300

秀山花灯,是我国西南地区花灯艺术中的一支重要流派,是集宗教、民俗、歌舞、杂技、纸扎艺术为一体的民间文化现象和民间表演艺术,是一种古朴、诙谐、抒情优美,集歌(曲调)、舞、韵白为一体,并以打击乐、琴弦乐为伴奏的综合艺术,是我国宝贵的民族民间音乐文化遗产。花灯歌曲作为秀山花灯最重要的要素,唱词便是花灯歌曲的灵魂。

秀山花灯唱词丰富多彩。说它丰富,是因为它有上千首唱词,形成一个庞大的唱词群体。《秀山花灯唱词集成》收录整理了花灯篇、赞颂篇、规劝篇、生活篇、唱五更、爱情篇、典故篇、茶花调、十字篇、四季篇总共十个篇章,这些唱词,包含了赞美大自然、喜庆祝贺、歌颂爱情、讲述人生哲理、传授生产生活知识、咏叹历史和历史人物、控诉社会不平现象等广泛内容,以一种特别的民间口头文学形式出现。语言看似平常,细细品味,却寓意深刻、倍感亲切、生动流畅。字里行间展示出自然天成的艺术美,有很高的鉴赏和研究价值。

近年来,秀山职教中心大力传承、发展、弘扬非物质文化遗产,引入了秀山花灯等非物质文化作为学校的特色课程,《秀山花灯唱词集成》的整理编录,不仅弥补了长时间以来民间艺术作品杂乱、无系统整理的缺陷,更对本校在秀山花灯艺术的教育教学中起到了课本支撑的作用。

在进行本书的写作之前,编者走访了隘口、清溪、兰桥、平凯、迎凤、涌洞、海洋、溶溪、峨溶、玉屏等地,了解到在长时期的表演中,秀山花灯形成了舞蹈性、歌唱性、戏剧性、模拟性、民族性、地域性、程序性、群众性等特征,但是花灯唱词却在逐渐流失,因此抢救、保护秀山花灯唱词，对于丰富民众文化生活，促进土家族民俗音乐舞蹈艺术及其历史的研究，具有重要的实用价值和学术价值。

编者们在编写过程中对各个部分的唱词进行了反复询问和校对，并查阅了大量资料。本书可作为中等职业学校非物质文化遗产课程的通用教材，亦可作为秀山花灯艺术表演、非遗文化爱好者及社会从业人员的培训教材和参考用书。

本书由重庆市秀山土家族民族自治县职业教育中心彭华友、彭益、冉妮共同担任主编，由卢琳和庄凌锐担任副主编。参编人员有许晓婷、赵山、程丽君、江秋蓉、杨腾达、龚宗胜。

由于编者学识和水平有限，疏漏之处在所难免，敬请批评指正。

编者

2021年12月

CONTENTS 目录

◎ 第一章　花灯篇　　　　　　　　　　　1
　　一、花灯启灯调（一）　　　　　　　2
　　二、花灯启灯调（二）　　　　　　　3
　　三、参灯　　　　　　　　　　　　　3
　　四、参堂（坛）　　　　　　　　　　4
　　五、送灯（一）　　　　　　　　　　4
　　六、送灯（二）　　　　　　　　　　5
　　七、参师（木）　　　　　　　　　　5
　　八、送歌　　　　　　　　　　　　　6
　　九、祭灯调　　　　　　　　　　　　7
　　十、请灯神　　　　　　　　　　　　7
　　十一、观灯　　　　　　　　　　　　8
　　十二、跳花灯　　　　　　　　　　　8
　　十三、花灯遇龙灯　　　　　　　　　9
　　十四、起源调　　　　　　　　　　　10
　　十五、辞灯　　　　　　　　　　　　10
　　十六、辞神　　　　　　　　　　　　11
　　十七、收灯法　　　　　　　　　　　12

◎ 第二章　赞颂篇　　　　　　　　　　　13
　　一、奔小康　　　　　　　　　　　　14

1

二、四季花儿开　　　　　　　　　　14
　　三、唱佛　　　　　　　　　　　　　15
　　四、十唱手艺人　　　　　　　　　　15
　　五、十唱历史　　　　　　　　　　　16
　　六、十二月，正月正　　　　　　　　17
　　七、红军攻打南腰界　　　　　　　　18
　　八、三十二支骨牌　　　　　　　　　19
　　九、梁山泊好汉　　　　　　　　　　20

◎ **第三章　规劝篇**　　　　　　　　　22
　　一、十大劝　　　　　　　　　　　　23
　　二、十劝姐　　　　　　　　　　　　24
　　三、十劝读书人　　　　　　　　　　25
　　四、十劝单身汉　　　　　　　　　　26
　　五、十劝大姑娘　　　　　　　　　　27
　　六、十劝弟兄们　　　　　　　　　　28
　　七、劝世歌　　　　　　　　　　　　29
　　八、对劝　　　　　　　　　　　　　30

◎ **第四章　生活篇**　　　　　　　　　32
　　一、开财门（一）　　　　　　　　　33
　　二、开财门（二）　　　　　　　　　33
　　三、开财门（三）　　　　　　　　　35
　　四、小小灯笼　　　　　　　　　　　35
　　五、送寿月（一）　　　　　　　　　36
　　六、送寿月（二）　　　　　　　　　37
　　七、抬轿报靠词　　　　　　　　　　37

八、扫地台 38

九、双探妹 38

十、无题 39

十一、卖杂货 40

十二、讲席（一） 41

十三、讲席（二） 42

十四、卖樱桃 42

十五、天官赐福，女娲送子 43

十六、十月怀胎（一） 44

十七、十月怀胎（二） 45

十八、十月怀胎（三） 46

十九、五杯酒 48

二十、唱词 49

二十一、孝堂唱报恩歌 50

◎ 第五章 唱五更 51

一、五更（一） 52

二、五更（二） 52

三、五更（三） 53

四、五更（四） 53

五、五更（五） 54

六、五更（六） 54

七、五更绣荷包 55

八、五更鸡 55

九、花名闹五更 56

十、果名闹五更 56

十一、闹五更 57

◎ 第六章　爱情篇　　　　　　　　　58

　　一、十月望郎（女）　　　　　　59
　　二、唱十二月（自由婚姻）　　　60
　　三、单身人　　　　　　　　　　61
　　四、情侣对唱　　　　　　　　　62
　　五、时刻想姐在心中　　　　　　62
　　六、逢月交情　　　　　　　　　63

◎ 第七章　典故篇　　　　　　　　　65

　　一、八洞神仙　　　　　　　　　66
　　二、英台哭坟　　　　　　　　　67
　　三、柳荫记　　　　　　　　　　72
　　四、山伯访友　　　　　　　　　76
　　五、槐荫记　　　　　　　　　　81
　　六、薛仁贵征西　　　　　　　　82
　　七、穆柯寨　　　　　　　　　　83
　　八、十二月好唱祝英台　　　　　84
　　九、孟姜女哭夫（一）　　　　　85
　　十、孟姜女哭夫（二）　　　　　86

◎ 第八章　茶花调　　　　　　　　　87

　　一、采四季茶　　　　　　　　　88
　　二、采茶花　　　　　　　　　　88
　　三、采茶（四季）　　　　　　　89
　　四、盘花　　　　　　　　　　　90
　　五、花调　　　　　　　　　　　91
　　六、四季观花　　　　　　　　　92

七、桐子花开　　　　　　　　　　92

　　八、盘四季花　　　　　　　　　　93

　　九、团茶　　　　　　　　　　　　94

　　十、盘茶歌　　　　　　　　　　　95

◎ **第九章　十字篇**　　　　　　　　96

　　一、一把扇子二边黄　　　　　　　97

　　二、搭子荷包二边花　　　　　　　97

　　三、十把花扇　　　　　　　　　　98

　　四、十绣花　　　　　　　　　　　99

　　五、十唱古人　　　　　　　　　100

　　六、十爱　　　　　　　　　　　100

　　七、十送　　　　　　　　　　　101

　　八、唱十字（一）　　　　　　　102

　　九、唱十字（二）　　　　　　　103

　　十、十字（一）　　　　　　　　104

　　十一、十字（二）　　　　　　　105

　　十二、十想　　　　　　　　　　105

　　十三、十望　　　　　　　　　　106

　　十四、十绣　　　　　　　　　　107

　　十五、十绣荷包　　　　　　　　108

　　十六、十劝　　　　　　　　　　109

　　十七、倒十字　　　　　　　　　109

　　十八、十月贺新春　　　　　　　110

　　十九、古城会（顺十字）　　　　111

　　二十、倒十字　　　　　　　　　112

　　二十一、十杯　　　　　　　　　113

　　二十二、十许　　　　　　　　　114

二十三、十送　　　　　　　　　　　115

◎ 第十章　四季篇　　　　　　　　116

一、十二月绣荷包　　　　　　　　117
二、十二月望夫　　　　　　　　　118
三、十二月农忙　　　　　　　　　119
四、十二月相思　　　　　　　　　120
五、十二将　　　　　　　　　　　121
六、听唱十二月　　　　　　　　　122
七、唱十二月　　　　　　　　　　123
八、四季唱闺女　　　　　　　　　124
九、正月是新年　花儿开满园　　　124
十、洛阳桥　　　　　　　　　　　125
十一、十二月采茶歌　　　　　　　126

◎ 参考文献　　　　　　　　　　　127

第一章

花灯篇

一、花灯启灯调（一）

（彭兴茂、潘清林收集整理）

花灯神来花灯神，
花灯本是唐朝行。
国母娘娘眼睛病，
许下三千六百灯。
许下灯神有显应，
万古流传到如今。

一盏红灯先请你，
金花小姐听原因。
一盏红灯先请你，
百家门上讨前程。

二盏红灯唱二声，
银花小姐你请听。
二盏红灯香请你，
自家门上走一巡。

三盏红灯唱三声，
铜鼓仙师你请听。
三盏红灯香请你，
百家门上受钱诚。

四盏红灯唱四声，
唱灯郎君你请听。
四盏红灯香请你，
百家门上扫瘟神。

五盏麒麟唱五声，
跳灯郎君你请听。
五盏麒麟香请你，
跟随娘子一路行。

诚心诚意一律请，
再请前传后教人。
天上众佛一切请，
请在凡间受虔诚。

天上普佛一切请，
请在凡间显威灵，
天上神佛一切请，
请在凡间扫瘟神。

只有玉帝我不请，
你在上司管天庭。
你在上司管天下，
赐下神圣显威灵。

黎民百姓香请你，
香烟渺渺显圣灵。
众位神圣交与你，
务自门上讨虔诚。

虔诚累累交与你，
照看百姓得安宁。

一里路上摆支香，
二里路上开店门。
三里路上来行走，
四里路上早行程。

五里路上开大道，
不觉请来花灯神，
请在灯堂显神事，
惊动众位灯头人。

众位灯头忙接进，
安起神位敬灯人，
早晚为作烧香烟，
众位领头四外行。

走在四处唱一句，
黎民百姓花钱财，
钱财一切你领受，
保佑黎民得安宁。

二、花灯启灯调（二）

（彭兴茂收集整理）

灯是灯来，
灯是灯，
灯从何处起？
灯从何处兴？
灯是灯来，
灯是灯，
灯从唐朝起，

灯从宋朝兴。
仁宗皇帝登龙位，
国母娘娘瞎眼睛。
许下红灯三千六百盏，
从头一二说你听。
长江丢下两千盏，
土地拿走一千灯，

还有五百九十八，
傩堂①拿来还愿灯。

金灯银灯留两盏，
照着玩灯到如今。
喜逢盛世民间乐，
村村寨寨跳花灯。

三、参灯

一盏红灯唱一声，
金花小姐你请听。
一盏红灯参拜你，
稳坐乾坤管万民。

二盏红灯唱二声，
银花小姐你请听。
二盏红灯参拜你，
百家门上受钱财。

三盏红灯唱三声，
铜鼓先师你请听。
三盏红灯参拜你，
猪羊牛马往上升。

四盏红灯唱四声，
铁鼓先师你请听。
四盏红灯参拜你，
保佑人民得安宁。

五盏麒麟唱五声，
众位灯头你请听。
这盏红灯参拜你，
来得安来去得平。

---

① 傩堂：是进行傩事（驱逐邪魔）活动的主要场所，设在家中的正中堂屋内。

四、参堂（坛）

一进门来唱一声，
花灯参拜老坛神。
今夜花灯参拜你，
坛土老祖你请听。
你到主家请平坐，
彩花娘子拜堂前。
一来参你多吉庆，
二来参你显威灵。
三来参你堂门旺，
四来参你有人请。
五来参你田和顺，
百家门上显成灵。
这盏红灯参拜你，
来得安来去得平。

五、送灯（一）

花灯神来花灯神，
花灯本是唐朝兴。
花灯只有唐朝起，
国母娘娘痛眼睛。
国王才来还愿灯，
只留四盏到如今。

一唱国母眼睛亮，
二唱百姓得安宁。
三唱风俗多行盛，
四唱五谷更丰盈。

一盏红灯送一声，
金花小姐你请听。
一盏红灯先送你，
早日回去归天庭。

二盏红灯送二声，
银花小姐你请听。
二盏红灯先送你，
带起瘟神归天庭。

三盏红灯送三声，
铜古仙师你请听。
三盏红灯先送你，
保佑六畜往上升。

四盏红灯送四声，
铁古仙人你请听。
四盏红灯先送你，
一切神圣你带回。

五盏麒麟送五声，
送回西天佛祖门。
来有千人来迎请，
法有万人来送灯。

老的唱的添福寿，
少的唱的受皇恩。
有妻之人生贵子，
无妻之人动婚姻。

唱得南山多和顺。
讲的妻子接过门。
先送神来后送人，
送你人人转家门。

老的回去添福寿,
少的回去受皇恩。
攻书之人往上进,
务农之人往上升。

攻书之人登皇榜,
务农之人得丰登。
自从送灯一过后,
人也发来财也兴。

六、送灯(二)

送灯送到堂屋中,
妹妹双双拜祖宗,
送灯送到大门边,
妹妹抬头望青天,
送灯送到屋檐脚,
风也吹来雨也落,
送灯送到大院坝,
再不回头望主家,

送灯送到土地堂,
土地公公土地娘,
土地公公并排坐,
烧起香纸化成钱,
新造龙船下大江,
二位稍公听端详,
急水滩头莫下桨,
万丈深潭莫下篙,

金花小姐听我讲,
银花二娘听端详,
一齐老少来送你,
送你妹妹转回乡,
送你妹妹回家去,
一帆风顺到长安。

七、参师(木)

一进门来唱一声,
鲁班师傅在上听,
皇王初开无人治,
五台山上去修行。

甲子年间修得道,
传下弟子到如今。
弟子门前香师旺,
千人请来万人迎。

远望里来城门口,
进门才知鲁班行。
墨斗一个像月亮,
墨尺弯弓心明亮。

墨签一根七寸五,
画墨好似做文章。
锯子好似丁字样,
裁起树木像龙头。

斧头一把放豪光,
砍得龙头万里平。
推刨一个四四方,
推得万里放豪光。

凿子一把七寸五,
好似张郎下山堂。
主家本是堂门旺,
割起金箱与银箱。

金箱本是金银库，
银箱本是聚宝盆，
左手打开金银库，
右手取出聚宝盆。

堂前交与娘子手，
百家门上玩花灯。
我今接去金和玉，
阳雀过路远扬名。

八、送歌

唱一首来分一声，
满堂歌师听原因，
东方发白天明亮，
各位歌师听分明。
莫把歌儿长久唱，
歌娘歌爷要转身，
来有三巡上马酒，
去有下马酒三巡，
请歌要在扬州请，
送歌要送柳州城，
扬州城内做买卖，
柳州城内去安身。
一送歌娘七仙女，
二送歌爷许良成，
三送打鼓唐三藏，
四送莫家大天云，
五送五子登科早，
六送六丁六甲神，
七送天上七妹妹，
八送神仙吕洞宾，
九送九牛推东转，
十送南海观世音，

十一又送花官镇，
十二才送歌师们。
将歌送在桃源洞，
桃源洞内闹洋洋。
三十斤毛铁打把锁，
四十斤黄锁锁洞门，
锣儿送在苏州府，
鼓儿送在柳州城，
桃源洞内上了锁，
我转身再送五方神，
东方白虎送出去，
南方白虎送出门，
西方白虎送出去，
北方白虎送出门，
中央白虎送出去，
中央白虎送出门，
披麻戴孝送出去，
嚎声大叫送出门，
痘瘟麻瘟送出去，
抬丧轿子送出门。
孝家得了行衰病，
一起送出九霄云，

五方来神送出去，
转身再送土地神。
大哥打马南天地，
封为南天土地神，
我把钱纸烧一对，
把守天门要小心。
二哥打马河边去，
封为桥梁土地神。
我把钱纸烧一对，
过河过水要小心。
三哥打马地府去，
封为地府土地神。
四哥打马殿内去，
封为殿内土地神。
我把钱纸烧一对，
莫在阳间乱捉人，
鼓皮送在牛背上，
鼓钉送在竹言林，
鼓身送在沙身上，
鼓槌送在杉木坪。
我歌送齐这里止，
再不多言往前行。

我千年不打鼓,　　　　　百年不唱歌,　　　　　　自从鼓槌甩坐出去,
鼓不响。　　　　　　　　歌不明。　　　　　　　　孝家十年发达,万年兴旺!

九、祭灯调

堂屋里头设灯堂,　　　　来有三杯下马酒,　　　　一张方桌四角方,
主神二位供两旁;　　　　请到堂前跳花灯;　　　　金杯玉盏摆中央;
左边是金花小姐,　　　　金花小姐听我讲,　　　　七元供果来摆起,
右边是银花二娘。　　　　银花二娘听端详。　　　　出灯老少保平安。

香纸蜡烛来烧起,
保佑弟子送吉祥;
迎请灯来叩请灯,
迎请灯神降福音。

十、请灯神

正月里来正月正,　　　　锣钹[①]仙师你去请,　　　若有哪神未请到,
玉皇大帝降神灯;　　　　鼓板[②]仙人也要行;　　　迎请一神请一神;
三炷信香来烧起,　　　　生旦净丑你去请,　　　　跳灯之人迎请你,
迎请灯神来降临。　　　　一班列员也要行。　　　　保佑我们得太平。

先迎日月三光祖,　　　　药王圣祖你去请,　　　　来有下马三巡酒,
后迎蜡光仙人神;　　　　老龙神君也要行;　　　　去有上马酒三巡;
金花小姐你去请,　　　　跳灯童子你去请。　　　　领受三旬上马酒,
银花二娘也要行。　　　　耍灯郎君也要行。　　　　百家门上走一程。

---
① 锣钹:锣鼓的两大类之一。
② 鼓板:是戏曲乐队的指挥乐器,为单皮鼓和檀板两种乐器的组合。

十一、观灯

栀子打花叶转青，
八十公公看花灯；
花灯花灯玩得好，
熬了许多瞌睡神。
慢慢行走回家去，
儿孙满堂喜爱人。

栀子打花二转青，
八十婆婆看花灯；

花灯花灯真好看，
笑得牙落又重生。
慢慢行走回家去，
长寿不老八百春。

栀子打花三转青，
十八姑娘看花灯；
花灯花扇舞得巧，
没得姑娘手艺精。

慢慢行走回家转，
绣房走线又飞针。

栀子打花四转青，
十八书生看花灯；
花灯锣钹敲得妙，
看得踮脚脖子伸。

蹦蹦跳跳四家去，
赶牛牵马喂养牲。

十二、跳花灯

（姚祖恩）

春季里来跳花灯，
桃红柳绿百草青；
为啥要跳灯？
为啥要高兴？
春光多明媚，
春风暖人心，
农村一片新气象，
家家户户闹春耕。

夏季里来跳花灯，
山清水秀泉水清；
为啥要跳灯？
为啥要高兴？
艳阳红似火，
泉水甜透心，
牛羊成群禾苗壮，
村村寨寨五谷登。

秋季里来跳花灯，
丰收年景遍地金；
为啥要跳灯？
为啥要高兴？
粮丰酿美酒，
美酒香喷喷。
举杯同饮丰收酒，
红了脸盘醉了心。

冬季里来跳花灯，
银装一片雪纷纷；
为啥要跳灯？
为啥要高兴？
蜡梅开得艳，
喜鹊叫声声，
欢歌笑语辞旧岁，
跳起花灯迎新春。

十三、花灯遇龙灯

说根生来讲根生，
水有源来树有根。
许下红灯三千六，
赏那两盏到如今。

花灯龙灯好玩耍，
贺谢主家过新春。
竹叶青来竹叶青，
竹子圆来圆花灯。
许下红灯三千六，
皇榜烧了众黎民。

初学开口唱一声，
龙头君子听原因。
龙灯原来有九洞，
洞洞由我说分明。

舞得龙头出天子，
舞得二洞出公侯，
舞得三洞三结义，
舞得四洞出长城，
舞得五洞登科早，
舞得六洞又同春，
舞得七洞七妹妹，

舞得八洞吕洞宾，
舞得九洞打黄金，
舞得十洞又团圆。

花灯龙灯好玩耍，
贺谢主家过新春。
花灯出城讨钱财，
龙灯出城回乡行。
龙灯送龙归大海，
花灯出城上天庭。
今年新春玩一年，
明年新春再此行。

十四、起源调

唱花灯来跳花灯，
灯是灯来灯是灯。
灯从何处起？
灯从何处生？

仁宗年间有五姓，
朝廷进贡观花灯。
红灯两盏带回家，
世代相传到如今。

红灯两盏往下传，
高贵士人祭祀堂；
祭祀仪式同欢舞，
围着花火丁跳团；
跳团团、挂花灯，
坑坑坎坎几百春；
待到清末民图初，
跳团团、变花灯。

十五、辞灯

领：
辞灯神来辞灯神。
众：同上
领：
灯神灯仙转天庭。
众：同上
领：
天瘟带出天堂去。
众：天堂去。

领：
地瘟带入地狱门。
众：地狱门。
领：
牛瘟带出黄毛岭。
众：黄毛岭。
领：
马瘟带出青草坪。
众：青草坪。

领：猪瘟带出株州去。
众：株州去。
领：
羊瘟带出九霄云。
众：九霄云。
众：
瘟病邪气带出去，
金银财宝谢主人。

十六、辞神

辞别神来辞别神,
辞别主家香火神;
自从花灯玩过后,
安安稳稳镇乾坤。

辞别神来辞别神,
辞别主家灶王神;
灶王老爷本姓张,
一天只用三炷香;
灶王婆婆本姓李,
一天只用三叠纸;
只把好言奏上天,
莫把恶言伤了人;
自从花灯玩过后,
安安稳生镇乾坤。

调转身来打转身,
调转身来又辞神;
辞别神来辞别神,
辞别主家五谷神;

自从花灯玩过后,
前仓得满后仓存;
前仓拿来自己吃,
后仓拿来换金银。

调转身来打转身,
调转身来又辞神;
辞别神来辞别神,
辞别主家大门神;
你是天上武曲星,
玉帝差你把财门;
左门神来秦叔宝,
右门神来尉迟恭;
鲁班造门三尺三,
白日开来夜晚关;
白日开起人引路,
夜晚关起关金银;
金银交与主人家,
交与求财四官神。

先辞神来后拜人,
拜别主家讨酒人;
老者年年添福寿,
少者年年添人丁;
自从花灯玩过后,
安安稳坐镇乾坤。

辞别人来辞别人,
辞别满堂看灯人;
老人看了添福寿,
少年看了添男丁。

身坐几多冷板凳,
脚踏几多冷灰尘;
自从花灯玩过后,
个个面去接金银。
锣鼓敲起前引路,
拖拖扯扯一路行。

十七、收灯法

花灯是个小小神，
未到主家扫瘟神，
瘟王湿气扫出去，
金银财宝谢主人，
若有哪点没扫到，
花灯带到九霄云，
九也九霄云。

花灯扎得嘴歪歪，
众位老少莫记怀，
你要记怀空记怀，
不是元宵我不来。

七月里来秋谷黄，
众位老少商个量，
众位老少商量好，
收拾花灯走别乡。

第二章

赞颂篇

一、奔小康

（彭兴茂作词　1982年改）

中国共产党，
好呀好领导，
齐欢呼，
土家人民笑呀呵呵，
依哎哟依哟，
跳灯庆丰收哟嗨。

改革开放政策好，
经济发展、牛成群、羊满山，
土家人民笑呀呵，

依哎哟依哟，
跳灯心欢畅哟嗨。

同奔小康致富路，
齐心协力、山上林、山下果，
土家人民笑呀呵呵，
依哎哟依哟，
跳灯奔小康哟嗨。

小康目标2020年，
目标明确、心头喜、好策略，

土家人民笑呀呵呵，
依哎哟依哟，
跳灯来庆贺哟嗨。

改革成就唱不完，
和谐向前、学榜样、超在前，
土家人民笑呀呵呵，
跳起花灯迎新春，哟嗨。

二、四季花儿开

（彭兴茂作词）

正月那个里来嘛，
朵朵花儿开。
哟依哟是新哟春哪，
欢欢那个喜喜嘛锦。
绣花儿香过呲新年，哟呲。

五月那个里来嘛，
朵朵花儿开哟依。
哟是端哟阳哪，
荷花那个出水嘛。
锦绣花儿香十呲，
里香哟呲。

八月那个里来嘛，
朵朵花儿开哟依。
哟是中哟秋哪，
桂花那个飘香。
嘛锦绣花儿香庆，
呲丰收哟呲。

冬月那个里来嘛,
朵朵花儿开哟依。
哟冬月哟冬哪,
红梅那个开花嘛。
锦绣花儿香雪吔,
花中哟吔。

三、唱佛

三宝巍巍道可尊,
四生六道尽评论。
明心见性人天法,
见性能传智能灯。

护体庄严金世界,
身心清净玉壶冰。

自从佛制袈裟后,
万劫谁能敢断僧。

铜镜铁造九连环,
九节仙藤永驻颜。

入手厌看青骨瘦,
下山轻带白云还。

摩诃五祖游天阙,
罗卜寻娘破地关。

不染红尘些子秽,
喜伴神僧上玉山。

四、十唱手艺人

一唱世上手艺人,
七十二行用尽心;
各种手艺都难办,
七十二行出状元。

二唱世上手艺人,
在家谦和手艺新;
在外做事负责任,
阳雀①过路远传名。

三唱世上手艺人,
做事定要用尽心;
要做世上长久行,
免得后来丢骂名。

---

① 阳雀:杜鹃鸟。

四唱世上手艺人，
在家学会出远门；
学得妇人手筋紧，
文明结友搞不成。

五唱世上手艺人，
文明结友莫枯心；
眼看钱财如粪土，
做成仁义值千金。

六唱世上手艺人，
手艺好歹在出名；
要想手艺做出名，
无钱无米提拔人。

七唱世上手艺人，
师傅跟前多尊敬；
师傅手艺传送你，
牢记在心莫害人。

八唱世上手艺人，
手艺学了入肚心；
各种技术有规定，
不要东家去操心。

九唱世上手艺人，
做个手艺人放心；
人人都说做得好，
男女老少都放心。

十唱世上手艺人，
手艺好歹莫相争；
互相交流传经验，
做个手艺人上人。

五、十唱历史

一唱和姐说书情，
开天辟地是何人。
自从盘古开天地，
一斧劈得天地分。

二唱和姐说书人，
哪个社会有了人。
原始社会有了人，
奴隶社会又变形。

三唱和姐说书人，
要说煮饭火产生。
原始社会有了火，
钻木取火火形成。

四唱和姐说书情，
农业生产怎形成。
原始社会氏族制，
父系氏族把产生。

五唱和姐说书情，
我国文字谁统一。
文字统一始皇帝，
为了工作好行文。

六唱和姐说书情，
要说历代名医生。
扁鹊华佗李时珍，
还有思邈和仲景。

七唱和姐说书情，
说出我国四大发明。
造纸术印刷术火药与指南针，
举世闻名各国称。

八唱和姐说书情，
我国庚甲一百二十轮。
烧掉六十剩一半，
六十甲子转轮轮。

九唱和姐说书情，
哪朝皇帝无道心。
纣王无道乱昏昏，
一败朝廷二害民。

十唱和姐说书情，
说出救星大恩人。
恩人就是毛主席，
领导穷人翻了身。

再唱和姐说书情，
吃水不忘挖井人。
革命不忘爬雪山，
主席遗志永继承。

六、十二月，正月正

正月里来正月正，
哟依哟。
闹元宵，哟依哟，
闹呀闹元宵。

二月里来二月二，
哟依哟。
百花香，哟依哟，
百呀百花香。

三月里来是清明，
哟依哟。
闹沉沉、哟依哟，
幺妹子出房门。

四月里来四月八，
哟依哟。
四月入，哟依哟，
幺妹子来出房门。

五月里来是端阳，
哟依哟。
买麝香，哟依哟，
撒在罗裙上。

六月里来热茫茫，
哟依哟。
买花扇，哟依约，
二人过伏天。

七月里来七月七,
哟依哟。
去买来,哟依哟,
婆婆无道理。

八月里来是中秋,
哟依哟。
下苏州,哟依哟,
丝帕搭姐头。

九月里来是重阳,
哟依哟。
菊花香,哟依哟,
重阳菊花香。

十月里来小阳春,
哟依哟。
一个人,约依哟,
独自我一人。

冬月里来落大雪,
哟依哟。
无人歇,哟依哟,
枕边无话说。

腊月里来打大霜,
哟依哟。
进绣房,哟依哟,
只见二人大团圆。

七、红军攻打南腰界

正月里来是新年,
红军队伍到四川;
千杆红旗万杆枪,
英雄人物万万千。

二月里来百草生,
贺龙本是大将军;
不拿群众一针线,
专打土豪和劣绅。

三月里来是清明,
红军队伍为穷人;
山遥路远来得快,
一夜攻下沿河城。

四月里来活儿忙,
红军来到南界场;
买卖公平人和气,
红绿标语贴满墙。

五月里来是端阳,
刀对刀来枪对枪;
到处成立游击队,
工农红军得发展。

六月里来太阳红,
茅坪大会雷声动;
区乡成立苏维埃,
扛起标语跟贺龙。

七月里来天气热,
红军打仗不停歇;
各乡召开谷担会,
要分田土划阶级。

八月里来谷正黄,
红军打到大坝场;
包围祠堂一月半,
冉匪民团一扫光。

九月里来是重阳,
白军开到打木黄;
贺龙指挥反围剿,
杀得白军喊爹娘。

十月里来枫叶红，
萧克南界会贺龙；
两军会师来研究，
统一部队往北上。

冬月里来风雨寒，
冉瑞廷带还乡团；
到处搜查游击队，
红区人民遭祸殃。

腊月里来蜡梅香，
红军抗日上前方；
南界人民齐欢送，
打败日寇转回乡。

八、三十二支骨牌

天牌出来天门阵，
天门阵上有一人。
天门阵上杨宗保，
宗保难舍穆桂英。

红九黑九一对九，
把守三关是六郎。
六郎坐在山顶上，
不准外奴来侵犯。

丁丁二四是一双，
昭君娘子去何方。
昭君娘子何方去，
怀抱琵琶马上弹。

地牌出来两点青，
好个青天包大人。
包爷坐在开封府，
日断阳来夜断阴。

三五二六一对八，
白皆求官空回家。
堂上父母把他架，
白皆不能把誓发。

长五出来大梅花，
刘四四娘是仙家。
私开五晕她不认，
居花园中把誓发。

人牌出来八点红，
五逆不孝是仁宗。
仁宗皇帝不认母，
包爷修书请雷公。

三四二五一对七，
文王渭水访九妻。
文王渭水九妻访，
瓦岗寨前是李密。

长三出来两根绳，
天上仙姐下凡尘。
四姐配得崔文顺，
七姐下凡配董永。
长二出来是板凳，
杨二挑担送苏秦。
苏秦得了高官做，
杨二丢在九霄云。

和牌出来四点弯，
大闹花灯是解刚。
五龙山前打一仗，
输了薛刚有薛强。

幺四拐子不成双，
精忠报国是岳飞。
精忠报国岳飞去，
后来挂即是岳雷。

猫头出来黑斧头，
杨广打马下柳州。
花花世界谁不爱，
万里江山一旦丢。

幺六出来高脚牌，
无情无义蔡白皆。
苦了前妻赵四女，
罗裙完土垒坟台。

幺五出来小梅花，
仁贵拖木去柳家。
仁贵拖木柳家去，
后来成配柳金花。

四六出来半截红，
秦琼打马过山东。
怀拖一对金铜锏①，
五洲四海访宾朋。

九、梁山泊好汉

宋朝有个梁山泊，
朝朝代代有人说；
天下英雄聚梁山，
忠义事迹流传多。

百步穿杨小花荣，
阮氏三雄是水军；
井阳打虎武都头，
浪里白条是张顺。

花和尚是鲁智深，
倒拔杨柳有威名；
没羽箭来是张清，
小旋风来是柴进。

梁山泊上忠义堂，
替天行道是宋江；
吴用军师计如神，
呼风唤雨公孙胜。

会伎双刀是张青，
神行太保是戴宗；
燕青本是患浪子，
卢俊义号玉麒麟。

卞京卖刀是杨志，
扑天雕来是李应；
刘唐号称赤发鬼，
霹雳火来是秦明。

会使双枪是董平，
关胜大刀鬼神惊；
双鞭本是呼延灼，
两把板斧黑旋风。

徐宁专使钩连枪，
林冲雪夜奔梁山；
王矮虎来太好色，
扈三娘来把他擒。

急先锋来是索超，
卖酒汉子是白胜；
朱仝淖号美髯公，
插翅虎来是雷横。

① 铜锏：一种兵器。

天下英雄集梁山,
朝廷兵将不可挡;
梁山一百单八将,
几天几夜表不完。

第三章

规劝篇

一、十大劝

一劝世人孝父母，
父母恩情如海深。
一周二岁娘怀抱，
三周四岁离娘身，
五周六岁正长大，
长大莫忘又母恩。

二劝你们弟兄们，
弟兄相和莫相争。
弟兄相和家不败，
妯娌相和家不分。

三劝你们妯娌们，
妯娌相合莫相争。
行人走户大姐去，
泡茶弄饭二姐行。
只有三姐年纪小，
做个提篮打菜人。

四劝你们妹妹们，
妹妹相合莫相争。
姐打妹来娘心痛，
千朵桃花共树生。

五劝你们邻舍们，
邻舍相合莫相争。
亲戚有事常来往，
邻舍有事往来行。

六劝你们读书人，
读书写字要认真。
虽然不求高官做，
免得有事去求人。

七劝你们手艺人，
七十二行要认真，
人人称你手艺好，
阳雀过路远传名。

八劝你们生意人，
生意买卖要公平。
赚钱蚀本是由命，
大秤小斗莫亏人。

九劝你们老少人，
老老少少要公平。
老是老来少是少。
君是君来臣是臣。

十劝君来九劝臣，
奉劝世上凡间人。
今日免得人心转，
免得刀枪自太平。

二、十劝姐

一劝姐，孝公公，
自己爹娘一般同；
衣服烂了要先补，
鞋脚麻亮要先行。

二劝姐，孝婆婆，
婆婆跟前孝顺多；
高声喊来低声应，
免得挨打受搓磨。

三劝姐，待丈夫，
夫妻姻缘前世修；
丈夫不好要将就，
将将就就坐一屋。

四劝姐，待小叔，
三岁茶饭要弄熟；
衣服脏了要浆洗，
顺如尊重本丈夫。

五劝姐，待姑娘，
姑娘长大去别乡；
活路相同莫相吞，
让她转去歇个凉。

六劝姐，待妯娌，
妯娌笑合莫相争；
弟兄笑合家不败，
妯娌相合家不分。

七劝姐，养女娃，
针织麻亮要教她；
哪年离身婆家去，
免得冤屈害人家。

八劝姐，养儿多，
养得儿子要上学；
不要别人来指教，
有娘养来无娘教。

九劝姐，养后人，
后人长大一平身；
苗露水一苗草，
不吃药方长成人。

十劝姐，待寨邻，
切记莫把是非听，
切记莫把是非讲，
一匹红绫值千金。

三、十劝读书人

一劝世上读书人，
读书写字要用心；
读得书来为人民，
自己有事不求人。

二劝世上读书人，
老师教育记在心；
尊师爱友讲和气，
莫与别人争输赢。

三劝世上读书人，
父母教训记在心；
父母养儿盘得苦，
一心叫儿把书读。

四劝世上读书人，
不能忘记父母恩；
父母面前多孝敬，
下传子来子传孙。

五劝世上读书人，
贫富两等要接近；
尽管读书做大事，
总还依靠老百姓。

六劝世上读书人，
弟兄妹妹莫忘情；
读得书来出门去，
莫忘家里哥嫂们。

七劝世上读书人，
用心学习才有名。
头悬梁来锥刺股，
勤奋努力求功名。

八劝世上读书人，
争取考分拿头名；
根据社会形势走，
努力读书奔高程。

九劝世上读书人，
钻研科学尽脑筋；
为了四化早建成，
要做四化带头人。

十劝世上各家长，
送子读书进学堂。
莫算钱来莫算粮，
为国树才争荣光。

四、十劝单身汉

一劝世上单身汉，
父母生儿把儿盘。
弟兄姊妹生几双，
唯有你男还打单。

二劝世上单身汉，
一尺五寸娘抚养；
父母生儿来盘大，
长大莫把父母骂。

三劝世上单身汉，
父母教训记心间；
长大出外找银钱，
不可乱花要节俭。

四劝世上单身汉，
说话和气莫好强；
朋友多交走四方，
讲门亲事不为难。

五劝世上单身汉，
用钱用来要核算；
大脚大手家不长，
拖衣落食像和尚。

六劝世上单身汉，
根据时代看世上；
要想讲个青闺女，
手中无钱是空想。

七劝世上单身汉，
说门亲事最为难；
自由婚姻有一点，
包办婚姻占多半。

八劝世上单身汉，
要讨姑娘莫怕钱；
怕得钱来年龄老，
一天合天胡子长。

九劝世上单身汉，
乖乖丑丑莫挑选；
娘丑又可看儿面，
生得后代好接班。

十劝世上单身汉，
千方百计把亲讲；
乖乖丑丑讲一个，
浆洗衣裳也方便。

五、十劝大姑娘

一劝你们大姑娘，
在家当女要在行；
当说当讲要大方，
不可搞鬼哄爹娘。

二劝你们大姑娘，
父母跟前莫说闲；
莫说哥嫂把家当，
只要得吃又得穿。

三劝你们大姑娘，
弟兄妹妹莫好强；
妹妹弟兄都一样，
侄儿男女更莫嫌。

四劝你们大姑娘，
莫与嫂嫂争高强；
为妹好似过山鸟，
嫂嫂才是坐虎山。

五劝你们大姑娘，
姑娘妹妹要出房；
自从盘古开天地，
从古至今兴这样。

六劝你们大姑娘，
终身大事把男选；
自己内心拿主意，
不让父母再包办。

七劝你们大姑娘，
去到男家把家看；
穷人装个富人样，
美酒席前把话放。

八劝你们大姑娘，
美酒金钱把你诳；
只等鲤鱼把钩上，
裤子脱得送你穿。

九劝你们大姑娘，
男方婆婆心好贤；
裤子脱了送你穿，
只怕姑娘又翻盘。

十劝你们大姑娘，
要做世上人值钱。
莫学细娃摆满满；
要做白银下定钱。

六、十劝弟兄们

一劝你们弟兄们,
弟兄相和莫相争。
家中有事多商量,
不可时常闹纠纷。

二劝你们弟兄们,
弟兄之间要记情。
屋角出门先遭难,
弟兄情义如海深。

三劝你们弟兄们,
哥兄老弟要分清。
长哥为父外事行,
长嫂如母把家庭。

四劝你们弟兄们,
弟兄本是同娘生。
轻言重语都能受,
好言歹语莫记仇。

五劝你们弟兄们,
弟兄相和莫相争。
堂前教子大道理,
枕边教妻听分明。

六劝你们弟兄们,
各自劝教屋里人。
说长道短枕边劝,
劝得妻子喜在心。

七劝你们弟兄们,
各自劝教屋里人。
哥劝嫂来弟劝媳,
劝得老少家不分。

八防你们妯娌们,
侄儿男女要关心。
缝补浆洗要平等,
外人好说又好听。

九劝你们弟兄们,
姑娘说话细细听。
好话听了要执行,
错的听了要纠正。

十劝弟兄一家好,
哥兄妯娌莫争吵。
财迪发来人也兴,
要学张公九代家不分。

七、劝世歌

道光皇帝兴，
四川重庆城。
出个人叫杨国正，
父亡母养生。

母亲把论讲，
为儿细细听。
满腹心思乱昏昏，
不愿再嫁人。

舅舅说的话，
要娘再出嫁。
有钱有米不提拔，
为娘受？

为娘受揪碗，
娘穷账该下，
又无田地与坐榻，
望儿快长大。

六月接细麻，
寒冬纺棉纱。
背脚买米把锅下，
有米无盐巴。

为娘养儿大，
无人来提拔。
明知舅舅家物大，
不肯我无法。

为舅把娘骂，
说我无计划。
无钱无米走舅家，
难陋最低下。

舅舅骂的话，
开口难回答。
生来寡命家不发，
莫靠舅提拔。

为儿听娘话，
立志来当家。
随时记着你爹妈，
钱米莫乱花。

为儿听端详，
我娘好心寒。
一尺五寸娘抚养，
豆腐盘嘎嘎钱。

为儿长成人，
莫忘父母恩。
父母跟前多孝顺，
外人把你称。

为儿你用心，
节钱讲门亲。
讲得亲事接过门，
我好引孙孙。

叫声儿的娘，
听儿把话讲。
为人在世不平凡，
贫富不一般。

为娘听儿讲，
世上不一般。
富贵早迟时运转，
干罗为丞相。

为娘听儿讲，
好人都遇难。
先苦后甜时运转，
访贤是文王。

为娘听儿话,
回忆普天下。
渭水钓鱼姜子牙,
封神还归他。

八、对劝

一劝姐,来婆门,
各项事情要用心;
油盐柴米你莫管,
一心一意奉双亲。

叫一声,我的郎,
听我细细说端详,
父母面前多孝顺,
做个孝子学目连。

二劝姐,待公婆,
公婆面前孝顺多;
恶言虎豹骂父母,
屋檐水要滴现窝窝。

叫一声,奴的哥,
听我细细把话说;
公婆是你亲父母,
我俩不孝交送哪个。

三劝姐,待男人,
扁担挑货平肩人;
二人争吵你乱骂,
惊动雷公把你打。

叫一声,我的郎,
你我二人前世缘;
好夫好妻命所管,
在行的姑娘同你不成双。

四劝姐,待伯伯,
伯伯年长先苦些;
父母年老伯当家,
弟兄妹妹不打又不骂。

叫一声,奴的哥,
伯伯面前尊敬多;
你们弟兄同娘生,
莫与伯伯争输赢。

五劝姐,待小满,
嫂嫂莫恨小满满;
一年和年往上长,
吃穿还有爹和娘。

叫一声,我的郎,
小满人小还好玩;
有事不可把他腾,
幺儿满崽命心肝。

六劝姐,待姑娘,
莫说姑娘人千方;
姑娘千方等她讲,
将就长大去别乡。

叫一声,我的郎,
弟兄妹妹同爹娘;
姑娘千方耐烦等,
哥骂妹父母痛心肠。

七劝姐，待寨邻，
切记莫把是非听；
切记莫把是非讲，
免得一寨恨你一人。

叫一声，我的郎，
读过书进过学堂；
说话不可乱冒言，
莫与老少说豪强。

八劝姐，待亲戚，
亲戚来家要欢喜，
欢欢喜喜待宾客，
贵客一见都晓得。

叫一声奴的哥，
且住锣鼓听我说；
亲戚来家莫怠慢，
亲戚常来又常往。

九劝姐，待朋友，
朋友来家你要留；
文夫交的好朋友，
容去不留丑不丑，

叫一声，我的郎，
朋友要交要久长；
朋友到家待酒饭，
外人好说又好看。

十劝姐，待匠人，
你姐不要太俭省；
俭省办不得好事情，
匠人还把你传丑名。

叫一声，我的郎，
你我二人多商量；
好酒好菜郎去买，
三岁杀饭我去办。

第四章

生活篇

一、开财门（一）

远看青山雾沉沉，
来与主家开财门。
红木板子做大门，
轻轻推开闹沉沉。
柏杨方子做门框，
轻轻推响叮当。
劳动致富人人夸，
迈步齐心奔小康。
左手推开门一扇，
右手推开两扇门。
六扇财门我打开，

花灯娘子进门来。
男子进门左脚进，
女子进门右脚行。
双双脚儿齐头进，
男子富贵女聪明。
一进主家观四方，
主家坐的好屋场。
坐在龙头生贵子，
坐在龙尾状元郎。
主家坐在龙腰上，
二龙抢宝在中央。

前面一条致富路，
后有双凤来朝阳。
左有一根摇钱树，
右有一个聚宝盆。
摇钱树来聚宝盆，
早落黄金夜落银。
初一早上落四两，
初二早上落半斤。
初三初四不去拣，
斗大黄金滚进门。

二、开财门（二）

1.
进了主家一重呀门喽，
咿呀咿嗬哟。
来与主家是开财呀，
门喽咿呀咿嗬哟。
情哥哥也，
哟咿哟伊哟嗬。
来与主家是开财，
呀门喽咿呀咿嗬哟。
女白：哥哥也。

男应：哎。
女白：
一字下来一横长，
曰字在中央，
十字穿心过，
八字脚下藏。
男白：
那是东方的东字，
东方甲乙木。
唱：

木阿德星君是送财哟，
来喽咿呀咿嗬哟。
情哥哥也，
哟咿哟咿哟嗬。
木啊德星君是送财哟，
来喽咿呀咿嗬哟。

2.
进了主家二重呀，
门喽咿呀咿嗬哟。
来与主家开财呀，

门喽咿呀伊嗬哟。
情哥哥也,
哟咿哟咿哟嗬。
来与主家是开财,
呀门喽咿呀咿嗬哟。
女白:哥哥也。
男应:哎。
女白:
一字下来一堵墙,
一个羊儿门内藏,
这个羊儿不闭口,
打开门外一堵墙。
男白:
那是南方的南字,
南方丙丁火。
唱:
火那个德星君是送财,
哟来喽咿呀咿嗬哟。
情哥哟,
哟咿哟嗬,
火阿德星君是送财哟,
来喽咿呀咿荷哟。

3.
进了主家都三重呀门,
喽咿呀咿嗬哟。
来与主家是开财呀门,
咿呀咿嗬哟。
情哥哥哟,
哟咿哟咿哟嗬,

来与主家是开财呀门,
喽咿呀咿荷哟。
女白:哥哥也。
男应:哎。
女白:
一字下来一个口,
一对脚儿两边走,
有的把四字认,
有的把做日字估。
男应:
那是西方的西字,
西方庚辛金。
唱:
金啊德星君是送财哟,
来喽咿呀咿嗬哟。
情哥哥哟,
哟咿哟咿哟嗬。
金阿德星君是送财哟,
来喽咿呀咿嗬哟。

4.
进了主家都四重门呀,
喽咿呀咿嗬哟。
来与主家是开财呀门,
喽咿呀咿嗬哟。
情哥哥哟,
哟咿哟咿嗬,
来与主家开财呀门喽,
咿呀咿嗬哟。
女白:哥哥也。

男应:哎。
女白:
七字弯弯来得苦,
背上背块大毛土,
有的把做比字猜,
有的把做比字估。
男白:
那是北方的北字,
北方壬癸水。
唱:
水阿德星君送财哟,
来喽咿呀咿嗬哟。
情哥哥也,
哟咿哟咿哟嗬。
水阿德星君送财哟来喽,
咿呀咿嗬哟。

5.
四方财门我开呀,
起喽咿呀依嗬哟。
早进黄金是晚进,
哟银喽咿呀咿嗬哟。
情哥哥也,
哟咿哟咿嗬,
早进黄金是晚进哟,
银喽咿呀咿哟嗬哟。
众人齐白:
门前一棵摇钱树,
喊的喊发财,
喊的喊发富。

三、开财门（三）

（彭兴茂搜集整理）

来在州内唱州府，
来在县内唱县城。
来在主家唱财主，
要与主家开财门。

妹妹来在东门外，
望见东门未曾开。
开开东门门两扇，
妹妹双双转西门。

妹妹来在南门外，
望见南门未曾开。
开开南门门两扇，
妹妹双双转西门。

妹妹来在西门外，
望见西门未曾开。
开开西门门两扇，
妹妹双双转北门。

妹妹未在北门外，
望见北门未曾开。
开开北门门两扇，
妹妹双双进屋来。

左脚进门生贵子，
右脚进门坐麒麟。
两脚双双齐参进，
男生贵子坐当今。

四、小小灯笼

小小灯笼不多大，
哟喂。
来在贵府耍一耍呀，
耍呀一耍，哎嗨哎
嗨哟，耍一耍。

一要龙来现瓜哟喂，
二要凤来凤翻身呀。
凤呀凤翻身，

哎嗨哎嗨哟，
凤翻呀身。

三要桃园三结义哟喂，
四要童子拜观音呀，
拜呀现音哎嗨哎嗨，
哟拜观呀音。

五要五子登科早哟喂，
六要禄位早高升呀，
早呀高升，哎嗨，
哎海哟，早高呀升。

七要天仙七妹妹哟喂，
八要八方进财来呀，
进呀财来哎海哎嗨哟，
进财呀来。

九要幸福九长远哟喂，　　奔呀小康，　　奔小康呀。
十要一起奔小康呀，　　哎嗨哎嗨哟，

五、送寿月（一）

一送岁月一千岁，
梭龙台哇紫罗裙；
哥罗幺姐丢得多，
幺妹莫嫌多奴的小情哥。
美儿的娇美儿的美，
奴哇相交哟。

二送寿月二千岁，
福禄寿喜恭喜贺喜，
寿星主家穿袍坐龙庭。
禄位高升忙下跪，
请起来。
读书之人中状元，
天上紫微星。

三送寿月三千岁，
来在贵府送吉祥。
请姐奴的哥来跪下，
拜上堂前老人家。
禄位高升请起来，
财发万世兴哟。

四送寿月四千岁，
来在贵府才来送吉祥，

吉祥奴的哥双膝忙跪下，
交与堂前老人家，
禄位高升禄位高升。
请起来禄位又高升，
请起来财发万世兴呢。

五送寿月五千岁，
斗金榜采莲花才来送吉祥，
送在主家堂屋内，
高起手，手作揖，
忙跪下哟交与他，
交与他堂前老人家，
禄位高升受皇恩，
玩花灯哟天下国太平哟。

六送寿月六千岁，
道道富贵两双全，
发财主人家，
做生意赚大钱，
读书礼点状元，
财发万万年，
妹妹双双堂前拜福起。
跪下请起来，禄位高升，
禄位高升，连升三那级。

七送寿月七千岁，
金细沙哟银细沙哟。
主家儿子儿孙高楼，
打鼓坐朝中。
闹元宵哦元宵会，
奴情哥也哥。
七啊仙妹妹来看花和灯。

八送寿月八千岁，
戴金花来戴银花。
恭喜你洪福大，
贺喜你寿月长。
八岁高上进学堂，
皇榜高中点状元，
代代发人福寿长。

九送寿月九千岁，
送寿月来跳花灯。
家家户户贺新春，
两边升起万年灯。
亮晶晶、玩花灯，
长生不老八百春，
玩花灯越玩越年轻。

十送寿月万万岁，
花灯我们跳几折。
来帮主家送寿月，

生儿子，养儿郎。
五岁高上进学堂，
读诗书、高中举。

恭喜贺喜又道喜，
寿月长，人长寿，乐洋洋，
长命富贵万万年。

六、送寿月（二）

一送寿月一千岁，
二送寿月二千春，
三送三月早种子，
四送四月贵如金，

五送五月登科早，
六送六月定高升，
七送七星高堂照，
八送神仙吕洞宾，

九送九把绫罗伞，
十送民族大团圆。

七、抬轿报靠词

前报：平阳大路，
后应：敞开脚步。
前：前面之字拐，
后：照着拐拐踩，
前：前面抱肚岩。
后：抱起肚肚梭过来。
前：天上有个月，
后：地上有个缺。
前：滑滑路，
后：踩干处。
前：桥梁虚空，
后：脚踩当中。
前：当中有个眼，

后：脚踩两边舷。
前：陡上十八台，
后：台台都上来。
前：左边擦墙，
后：右边上扬。
前：上有青逢盖顶，
后：下面闪腰而过。
前：左右两靠，
后：当中过道。
前：人物两靠，
后：人物两靠不要折。
前：前转左，
后：后转右。

前：转得急，
后：踩得一。
前：前面陡下，
后：越陡越好下。
前：抬头一望，
后：有重坡上。
前：悬崖陡上陡，
后：越陡越好走。
前：前面陡上，
后：越陡越好上。
前：前阳大步开，
后：后面飒飒来。

八、扫地台

八月十五天门开，
玉帝差我下凡来；
差我下凡干什么？
来与主家扫地台。

牛瘟扫出青草山，
马瘟扫出青草坪；
瘟疫湿气扫出去，
金银财宝扫进来。

是非口角扫出去，
福禄寿喜扫进来；

猪羊牛马有交处，
交与求财四官神。

四官大神你看管，
早晨放出晚收回；
鸡犬鹅鸭有交处，
交给本方土地神。

本方土地你看管，
早晨放出晚收回；
金银财宝有交处，
交与当家一个人。

抽把椅子当堂坐，
茶一巡来酒一巡；
四角花台都扫尽，
姐妹双双转回程。

四角花台都扫尽，
千年发达万年兴；
自从花灯掉了头，
一股银水往屋流。

九、双探妹

正月探妹是元宵，
我看小妹生得标；
往你门前过呀妹子，
我把板壁敲你不知。

小妹听了开言道，
情郎哥细听奴表；
知道了爹妈管住了，
不许奴家往外跑。

二月探妹龙抬头，
我看你坐在大门口；
望见我板凳往内拖，
你怎么不理睬我。

小妹一听急忙道，
叫一声哥听我细表；
知道哥的朋友多，
我知道了很哆嗦。

三月探妹是清明，
我与妹子去踏青；
我俩踏青是假意，
试妹你真情不真情。

小妹一听开言道，
叫一声情郎细听我表；
你的人才比奴好，
手上戴块金手表。

六月探妹荷花开，
我看小妹病得真奇怪；
茶不饮来饭不爱，
那点不自在，赶忙说出来；
小妹听了急忙道，
叫声情郎听根苗；
见了茶饭就饱了，
身怀有孕怎开交。

七月探妹七月半，
叫声小妹莫心急；
医院查看我熟人，
小妹请你放宽心。
小妹听了忙开言，
叫声情郎听端详；
情郎哥问题处理好，
小妹以免众人笑。

八月探妹雁门开，
我与小妹一同去打牌；
左手抓红待和牌，

右手拿钱运气自然来；
小妹听了乐怀，
叫声情郎细听道来；
昨天打麻将今天打字牌，
情哥：你敢来不敢来？

九月探妹是重阳，
小妹敢招起头看；
抬头看我就是你的郎，
郎是清爽不清爽；
小妹一听急忙道，
叫一声情郎听我表；
爱你人才又清爽，
工作积极能力强。

十月探妹小阳春，
我看小妹美佳人；
不擦胭脂雪花膏，
小妹人才也美貌；
奴听到此急忙道，
情哥你细听我表；

奴也擦胭脂雪花膏，
小妹花钱向你要。

冬月探妹雪花常飘，
小妹上街买衣料；
买件貂皮花棉袄，
小妹你说好不好；
一听小妹急忙道，
叫声奴的哥细听我表；
衣服买好买差不重要，
花钱多少小妹要知道。

腊月探妹梅花开，
我看妹子坐在十字街；
自从认识小妹你，
想你难舍又难分。

小妹一听着了急，
叫声情哥听端的；
快把媒人请日期定好，
准备彩礼结婚了。

十、无题

人生人死是前缘，
短短长长各有命，
刘金进瓜回阳世，
借尸还魂李翠莲。

灵通本来号金蝉，
只为无心听佛讲，
转托凡尘受苦磨，
降生世俗遭罗网。

投胎落地就逢凶，
未出之前临恶党，
父是海州陈状元，
外公总督当朝官。

出身命运落艰辛，
顺水随波逐浪漂，
海岳金山有大缘，
迁出和尚将他养。

年方十八认娘亲，
特来京都求双全，
总管开山调大军，
洪州剿寇诛凶党。

状元光蕊脱天网，
父子相缝堪贺奖，
复谒当今受主恩，
凌烟阁上贤名响。

恩官不受愿为僧，
小字江流古佛儿，
法名唤作陈玄奘，
这世恶官压穷人，
穷人今日见青天。

十一、卖杂货

（花灯二人转）

丑角自白：
上了那重坡，
过了那条河，
大三声卖杂货，
卖也卖杂货。

男唱：
担子挑上肩，
打个团团转，
我把担子搁下地，
看谁在这里。

（铜锣）

男白：喂，幺妹子在家没？

女内应：在家。

男白：请买货。

女内应：来啰。

（过堂锣鼓）

男唱：
货客把鼓摇，
幺妹把手招，
货客听我说根苗，
丝线买几色？

女唱：
椅子拖一拖，
货客你请坐，
装烟筛茶解口渴，
解呀解口渴。

男：
坐也我不坐，
茶也我不喝，
问声幺妹子，
买些哪样货？
问声幺妹子，
买些哪样货？

女:
一买绣花针,
二买苏叶青,
三买戒指和手巾,
四买五色线,
六买红绸缎,
七买彩扣挂在哥身上,
八买乌云帕,
九买假头发,
十买胭脂水粉茶,

水呀水粉茶。
是买都买完,
货客请算账。
算着好多奴家好开钱,
算着好多奴家好开钱,

男:
三下五去二,
四下五去一,
共计算得三两三钱一,

共计算得三两三钱一,

男女合:

货钱都算清,
不差半毫分,
幺妹(货客)下次再也再
来迎登门。

十二、讲席(一)

堂屋四角方,
桌子摆中间。
楠木椅子上下安,
板凳两边相。

先来出一盘,
腊肉和大蒜。
八大八小十六盘,
海参摆中间。

忙把二盘出,
两碗白剐肉,
黄花耳子炒鸡肉,
两碗碎排骨。

两碗燕窝汤,
忙往堂屋端,
八月元藿炒子姜,
两碗猪小肠。

两碗荷包蛋,
摆在桌子上。
还有酱油炒猪肝,
美味碰碰香。

是菜都出完,
美酒凳①桌上。
叫声客官都坐上,
互相莫推让。

筷子手中举,
大家坐好起。
主人旁边把壶提,
劝客把酒吃。

斟上一杯酒,
奉与客官手。
主人要陪客饮酒,
长吃又长有。

二杯酒斟起,
容官请端起。
主人不喝客不饮,
陪客吃几杯。

---
① 凳:放置。

三杯酒下席，
容官莫着急。
主人急忙把话提，
烟茶又来吃。

多谢财，曾谢财，
明中去了暗中来。
明中犹如针削锈，
暗中银钱马拖来。

多谢多来多谢多，
肉像山头酒像河。
肉像山头吃不了，
酒像黄河等你唱。

十三、讲席（二）

堂屋四角方，
桌子摆中间。
腊肉豆腐几大盘，
主家真大方。

主人你莫怕，
都是娃娃家。
灯出主家你莫骂，
闹热爱好耍。

主人好师傅，
办得好饭菜。
满盘盛席把客待，
几桌摆了来。

二来白米饭，
蒸得碰碰香①。
大娃细崽都围满，
不知把礼讲。

得罪众主人，
不像出门人。
大娃细崽一大群，
见了吓着人。

十四、卖樱桃

（潘光兵口述，彭兴茂整理）

道白：
花子本姓张，
坐在半坡上。
什么都不会做，

只会编箩筐，
一天编两挑②，
晚上来上欠。
挑米又挑菜，

还挑樱桃卖。

唱：
桑木扁担五尺长，

---

① 碰碰香：形容东西很香甜可口。
② 挑：指一担，两箩筐。

咿儿咿嗬呀，
黄篾①织篓挑樱桃。
咿儿咿嗬呀，
黄篾织篓挑樱桃。
双手拨开桃秧上，
咿儿咿嗬呀，
看看桃子红没红。
看看桃子红没红。

就把桃子下两担，
咿儿咿嗬呀，
挑起桃子上街行，
挑起桃子上街行。

东街挑起西街走，
咿儿咿嗬呀，
南街挑往北街行。
南街挑往北街行。

大喊三声卖桃子，
咿儿咿嗬呀，
小喊三声卖樱桃，
小喊三声卖樱桃。

姐在房中绣荷包，
咿儿咿嗬呀，
耳听门外卖樱桃。
耳听门外卖樱桃。

双手推开门两扇，
咿儿咿嗬呀，
卖桃哥哥进屋来，
卖桃哥哥进屋来。

大姐有钱买桃子，
咿儿咿嗬呀，
二姐有钱买樱桃。
二姐有钱买樱桃。

只有三姐又无钱，
咿儿咿嗬呀，
我拿荷包调②樱桃，
我拿荷包调樱桃。

十五、天官赐福，女娲送子

来在排内参州府，
来在县内参县域。
来在主家参财主，
来与主家开财门。

你是什么人，
来与主家开财门？
我不是兀间子，
我是天上星。

你是天上什么星？
我是天上紫微星。
你来做什么？
来与主家送麒鹿。

妹妹来在二门外，
望见二门未曾开。
你是什么人？
你来开财门？

我不是凡间子，
我是天上星。
你是什么星，
我是天上财伯星。

你来做什么？
来与主家送金银。
左手提黄金，
右手提白银。

---

① 黄篾：竹子篾青以里的部分，质地较脆。
② 调：交换。

身背万年子，
送上财主门。
贺喜主家万万春，
麒麟交尔心。

妹妹来在三门上，
主家三门我来开。
你是什么人？
你来开财门。

我不是凡间子，
我是天上星。
你是天上什么星，
我是天上福禄星。

你来做什么？
我与主家来送福。
福长福又远，
家物盛万贯。
贺喜主家洪福大，
麒麟交尔心。

妹妹来在四门上，
主家四门我来开。
你是什么人？
你来开财门，
不是凡间子，
我是天上星。

你是天上什么星，
我是天上寿山星。
寿山星来做什么？
来与主家送寿来。

彭祖寿高八百岁，
果老二万七千春。
妹妹来在中门外，
主家中门未曾开。

开开中门门两扇，
紫微星官进财门。
左手提金黄闪闪，
右手提银白如雪。

十六、十月怀胎（一）

怀到正月正，
实在不知因。
水上那个浮萍啥，
定是没定根。

怀到二月脚，
实在不好说。
新来那个媳妇啥，
她的脸皮薄。

怀到三月三，
实在怀不像。
想吃那个娘家啥，
打的酸菜汤。

怀到四月八，
捎信到娘家。
多喂鸡来少喂鸭，
等到要吃它。

怀到五月五，
实在怀得苦。
想吃那个娘家啥，
发的霉豆腐。

怀到六月节，
天气实在热。
热得那个媳妇啥，
满脸都晒黑。

怀到七月半，
上街把命算。
算去那个算来啥，
要过这一关。

怀到八月八，
去看庙菩萨。
保佑得个乖娃娃啥，
再来敬菩萨。

怀到九月九，
实在怀得苦。
是儿那个是女啥，
打个翻筋斗。

怀到十月整，
娇儿落下地。
满屋那个老少啥，
个个乐嘻嘻，

在此劝世人，
要把父母敬。
孝顺二字记在心啥，
做个孝顺人。

十七、十月怀胎（二）

正月怀胎如露水，
桃花李花正逢春；
好比浮萍浮水面，
水上浮萍没定根。

二月怀胎没记时，
婆婆一问三不知；
花红柳绿无心看，
哪有闲心做针织。

三月怀胎三月三，
三餐饭菜吃两餐；
茶饭入肚口无味，
只想桃梅李果酸。

四月怀胎在娘身，
儿在母腹定下根；
是儿是女分左右；
不晓几时得降生。

五月怀胎是端阳，
龙舟花鼓响叮当；
人人都把热闹看，
只有为娘心不宽。

六月怀胎是三伏，
儿在娘身半成熟；
儿吃娘血往上长，
为娘瘦得皮包骨。

七月怀胎七月半，
为娘得了几多难；
堂屋扫地不爱动，
平地好比登高山。

八月怀胎是中秋，
好比白云在山头；
心想娘家去一趟，
又怕孩儿路中丢。

九月怀胎是重阳，
重阳造酒桂花香；
罗裙不敢紧拾带，
十二时辰不安然。

十月怀胎十个零，
儿在母腹要降生；
紧口咬住银丝发，
双脚就把地皮蹬。

又怕被子压重了，
把儿放在手弯弯；
盘儿盘女一二三，
娘睡湿来儿睡干。

等娘把它收拾好，
菜也冷来饭也凉。
睡到半夜想一想，
哪个不是这样盘。

忽然娘见儿的面，
胎一下来娘大呼；
初生孩儿不乱放，
不敢伸来不敢绻。

左边湿了放右边，
右边湿了放左边；
左右两边都湿了，
又将湿片换干片。

十八、十月怀胎（三）

不唱前朝根由深，
听唱一遍报娘恩；
父母不亲谁是亲，
不敬父母敬何人。

昔日有个目连僧；
同连和尚报娘恩。
要往灵山去寻师，
灵山殿前念经文。

百般经文都讲尽，
讲出一本报娘恩。
要向父母行孝道，
祈告看经救娘身。

救得母亲登仙界，
留下至今劝世人；
经文上面说得好，
为儿当报父母恩。

十月怀胎真辛苦，
永神拜佛保安宁；
不信我把实情讲，
父母恩德说不尽。

一月怀胎在娘身，
无形无踪又无影；
三朝一夕如露水，
不知孩儿腹内存。

二月怀胎在娘身，
头昏眼花不安宁；
脚麻手软难行路，
肚内心慌问杀人。

三月怀胎在娘身，
面黄肌瘦不像人；
行居走卧不自在，
百般美味不想吞。
罗裙都要紧扎带，
每天只想酸的吞。

四月怀胎在娘身，
慌慌怨怨不知音；
是儿是女分左右，
不知何日才离身。

五月怀胎在娘身，
男是左来女是右；
遍身筋骨都酸痛，
不论男女早降生。

六月怀胎三伏夫，
烧茶煮饭热茫茫；
厨前灶后难得转，
平地犹如上高山。

七月怀胎正立苗，
十二时辰闷沉沉；
儿女不知娘辛苦，
一个身子两个人。

八月怀胎过中秋，
好似白云在虚空；
一心要往娘家去，
恐怕我儿路上生。

九月怀胎过重阳，
珍肴美味不想尝；
罗裙不敢紧拾带，
行坐走卧都不安。

十月怀胎在娘身，
父母房中担忧心；
儿奔生来娘夸死，
阴阳阁土纸一层。

命隔阎王纸一张，
死了之后又还魂；
十月胎满无可奈，
临盆之时好惊人。

要想上天天无路，
要想入地地无门；
结发夫妻心不忍，
口口声声许愿心。

是儿是女生下地，
十磨九难才脱身；
七生九死生下地，
父在堂前才放心。

不等一七碰月满，
苦了母亲受苦辛；
白日园内去打菜，
每日何曾得安宁。

儿无病来娘欢喜，
若是有病更忧心；
诚心求神去问卜，
时刻只望长成人。

一岁之时才学走，
两步拿来一步行；
六岁七岁大行走，
将儿送入学堂门。

若是一举成名了，
不忘父母一片心。

欠母千般爱儿女，
听了途言悔了心；
若要说他王两句，
回头连应四五声。

这样无道不孝母，
枉自父母养他身；
今劝世上称孝子，
为要敬奉二双亲。

若得时运命不好，
孝顺原来感天庭；
老来说话多颠倒，
它可比得年轻人。

山中也有千年树，
世上难逢百岁人；
盘古寿高八百岁，
难买无常命归阴。

千两黄金难买命，
阎王岂肯放回程；
年年有个清明节，
儿孙个个拜坡召。

家有人丁五百口，
张公九代家不分；
天赐树枝结宝贝，
朝落黄金夜落银。

初一起来拣四两,
十五起来拣半厅。

九岁行孝是黄香,
黄香扇枕孝爹娘;
炎天能把秋凉扇,
冬天烘铺又温床。

湖广有个安宁广,
款氏三娘不成双;
别有花阕受甘苦,
安安送米把娘看。
昔日孟宗行大孝,
此人行孝好伤情;
母亲年高八十岁,
心中恩想冬笋吞。

郭具考母家又贫,
老母分屋与儿孙;
夫妻商量活埋儿,
不觉天赐金和银。

丁兰刻木行大孝,
木雕二像如真神;
亲生无道双流泪,
这个不孝赶出门。

白阶是个行孝子,
一举成名天下知;
音信不到家乡里,
留在朝廷享荣华。

我歌唱齐这里止,
哪位歌师往前行;
要来接来快来接,
莫等歌儿落地起灰尘。
哪位歌师接歌唱,
一重恩报九重天。

十九、五杯酒

一杯酒来竹叶青,
请问情哥贵庚生。
正月十五是哥生,
妹是元宵玩花灯。

二杯酒来进门来,
手提银瓶把酒筛。
奴提银瓶把酒洒,
无事不到贵府来。

三杯酒来酸又酸,
酸醋酸水要奴端。
不看僧面看佛面,
仁义好来水又甜。

四杯酒来共二双,
上满府来下满梁。
堂上满了哥和嫂,
二人做事一人当。

五杯酒来是端阳,
高粱姜酒兑雄黄。
我哥吃了雄黄酒,
免得蚊虫咬着郎。

二十、唱词

老鸦飞过黑山幽，
歌师叫我起歌头。
这个歌头也难起，
堂前人多怕害羞。
一请歌娘天仙女，
二请歌爷许良成。
三请打鼓唐三藏，
四请莫家大天云。
五请五子登科早，
六请六丁六甲神。
七请天上七妹妹，
八请神仙吕洞宾。
九请九牛推车转，
十请南海观世音。
十一路请花官锁，
十二又请歌师们。
歌爷请上花轿椅，
歌娘请进绣花厅。
十二歌师请完了，
转身再请五方神。
一捶鼓来惊东方，
惊动东方木字旁。
人生莫把木作贱，
人死还要木来装。
二捶鼓来惊南方，
惊动南方火字旁。
人生莫把火作贱，
人死还要火烧香。
三捶鼓来惊西方，
惊动西方金字旁。
人生莫把金作贱，
人死还要炼金刚。
四捶鼓来惊北方，
惊动北方水字旁。
人生莫把水作贱，
人死还要洗身上。
五捶鼓来惊中央，
惊动中央土字旁。
人生莫把土作贱，
人死还要土内藏。
五方神位请完了，
转身再请亡人来。
请亡来，度亡来，
莫在东方路上哭哀哀。
东方路上烧钱纸，化钱财。
请亡来，度亡来，
莫在阴司路上哭哀哀，
屋檐童子烧钱纸、化钱财。
请亡来，度亡来，
又请亡人转家来，
莫在灵前哭哀哀，
灵前当门烧张纸，
化钱财。
请亡来，度亡来，
又请亡人上灵台。
一张白纸白费银，
要请桃园大将军。
弟子请你无别事，
请你前来开洞门。
二张白纸白费银，
要请前近鬼路神。
要请前朝孔夫子，
大小神仙开洞门。
这些都是闲言语，
闲言闲语不经听。
几句闲言飘为上，
另请高师向前行。
小弟唱齐这里止，
再不多言往前行。
再不多言往前走，
无文不耽搁你有文人。
歌师不接我又来，
我来接歌喝一排。
我来接歌唱一段，
再请歌师上台来。

二十一、孝堂唱报恩歌

一字一语是一言,
孝家满堂泪不干。
非要父母来相见,
除非大梦又一场。
天也空来地也空,
人死说起一梦中,

望仙台上打一望,
家中儿女泪汪汪。
天也想来地也想,
各人想得无主张,
一心要想回家转,
阴曹路上把命丧。

人在三十有点忧,
人在六十愁上愁,
日落西山常见面,
水流东海不回头。

第五章

唱五更

一、五更（一）

（海洋花灯班演出词调，彭兴茂作词）

一更里，月正来，
秀山建设真是快。
机器隆隆震天响，
大厦高楼一排排。

二更里，月正东，
工业强县发展猛。
经济发展靠交通，
火丰高速都开通。

三更里，月正中，
各族人民喜心头。
齐奔小康致富路，
目标明确是成功。

四更里，月正高，
改革开放政策好。
全靠党的好领导，
与时俱进创新功。

五更里，月正西，
各族人民团结紧。
三个代表作指引，
科学发展奔前程。

二、五更（二）

一更里怨爹娘，
埋怨爹娘无主张。
无故许了马家里，
将奴错配马得方。

二更里怨自家，
埋怨自己主意差。
早把实言对他讲，
免得一命染黄沙。

三更里怨梁郎，
懵懂不想卧牙床。
明可思来暗可想，
腹内空谈一支梁。

四更里怨天明，
马家接亲闹沉沉。
三月初三来接我，
又恐夫妻不得成。
独坐绣楼暗思想，
一夜不得眨眼睛。

五更里怨天光，
姻缘不成失了机关。
有缘夫妻不成对，
无缘夫妻来成双。

三、五更（三）

一更里来月正来，
梁山伯来祝英台。
杭州攻书三年满，
不知英台是女怀[①]。

二更里月正高，
仁贵骑马保唐朝。
仁贵骑马唐朝保，
乌泥河中把马撬。

三更里月正中，
孔明神坛祭东风。
庞统设下连环计，
周瑜云中用火攻。

四更里月正西，
混过召关伍子胥。
子胥混过召关去，
日后思想好惨凄。

五更里月正落，
天波府坐的杨令婆。
令婆坐在天波府，
强兵难过乌泥河。

四、五更（四）

一更里月正来，
祝家出了祝英台。
聪明怜俐真可爱，
好个女裙钗。

二更里月正升，
文玉求官朴州城。
文玉求官去赴考，
考得状元第一名。

三更里月正高，
安童回家报信了。
银堂得信心气坏，
文玉朴安遇贼亡。

四更里月正西，
银堂偏身进绣闺。
银堂哭得如酒醉，
员外气得把胸捶。

五更里月正落，
庙中补怅来接我。
迎春一见心欢喜，
银子花了两百多。

---

① 女怀：女孩、女人。

五、五更（五）

（进庙堂唱，根据潘光兵忆唱记录）

一更里小尼姑，
珠泪汪汪独坐山堂，
一怨一声爹，
二怨二声娘，
当初做事没有主张，
算了奴家命，
过不得三六九岁，
惊蛰下才把奴赦到庵堂。

二更里小尼姑，
珠泪汪汪独坐山堂，
山门外来一个大小姐，
来拜我山堂，
穿红着绿真好看，
怀抱娇儿又喊娘，

尼姑无事山门看，
看来看去更比我尼姑强。

三更里小尼姑，
瞌睡迷迷抬头望，
明月掉了西，
双膝跪在原野地，
口念南无又阿弥，
南无观士音打配紫微星，
菩萨保佑我，
菩萨保佑我，
尼姑配郎君，
尼姑得把郎君配，
重修庙宇盖冠益金身。

四更里小尼姑，
瞌睡沉沉红罗帐内去调心，
二人正把调心处，
醒来还是梦一程。

五更里小尼姑，
珠泪悲伤忽听得金鸡开了口，
背起包袱下山去，
恐只怕大师兄追赶前头来，
背起包袱往前走，
好比鳌鱼脱钓台。
鳌鱼脱了金钩钓，
摇摇摆摆上滩来。

六、五更（六）

（根据潘光兵忆唱记录）

一更里来月正来，
梁山伯来祝英台。
杭州攻书三年满，
不知英台是女怀。

二更里来月正升，
文玉求官林州城。
文玉求官林州去，
考得状元第一名。

三更里来月正高，
安童回家报信了。
银堂得信心气怀，
文玉宁安遇贼亡。

四更里来月偏西，
银堂偏身进绣纬。
银堂哭得如酒醉，
员外气得把胸捶。

五更里来月正落，
庙中铺毡来接我。
迎春一见心欢喜，
银子花了二万多。

七、五更绣荷包

一更里荷包照样裁，
吩咐情哥买线来；
欢天喜地针线买，
等奴慢慢绣起来。

二更里荷包五色绸，
红线锁口粉登头；
人人说是荷包巧，
荷包虽小情意稠。

三更里荷包耍线飘，
飘在长街有人瞧；
人人说是荷包巧，
荷包虽小手段高。

四更里荷包绣鸳鸯，
绣个金鸡配凤凰；
金鸡也要凤凰配，
好绣荷包应成双。

五更里荷包绣完毕，
交与情哥手中提；
闲来无事高高挂，
等奴慢慢配着他。

八、五更鸡

一呀更鸡叫哀哀，
奴在房中才起来；
双手拨开红罗帐，
上摸丝怕下摸鞋。

二呀更鸡叫嘻嘻，
奴在房中才穿衣；
上身穿的大红袄，
下面穿的水绿裙；
大红袄水呀绿裙，
又有飘带两边分。

三呀更鸡叫忧忧，
奴在房中才梳头；
左边梳的盘龙结，
右边流的插花头；
盘龙结插花头，
梳一个狮子滚绣球。

四呀更鸡叫喳喳，
双在房中才戴花；
左边戴的灵芝草，
右边戴的牡丹花；
灵芝草牡丹花，
一根金簪当中插。

五更鸡叫沉沉，
奴在房中才开门；
左手开门金鸡叫，
右手开门凤凰啼；
金鸡叫凤凰啼，
抬头一看大天明。

九、花名闹五更

一更鼓儿天，
歪过的反了串枝莲；
芍药走在前，
牡丹仙子听臣言；
茉莉花自把兵操练。

三更鼓里深，
校场坝里去点兵；
菜花哼一声，
倒骂瓜子是奸臣；
插豆花抢起钢刀上树身。

五更鼓里请，
栀子花出场去练兵；
桃花是后卫，
李花当先锋；
状元红当头往前冲。

二更鼓儿喳，
桃花李花共香花；
四季粉团花，
葡萄开花泪如麻；
十妹妹倒把墙头挂。

四更鼓里中，
肚里劈出小桃红；
芙蓉多请盅，
芙蓉多请盅；
醉得鸡冠满脸红。

十、果名闹五更

一更鼓里天，
黄果出世得为仙。
橙子走上前，
口称我主听臣言；
佛手柑倒把编草联。

二更鼓里梭，
葡萄结子弟兄多。
喊声海棠哥，
花红苹果笑呵呵，
刺棱用撑在水中坐。

三更鼓里乖，
杏子出世脸红腮。
桃子口又歪，
吓得栗子满身癞，
火把梨就像猪八戒。

四更鼓里精,
松子出世脆生生。
瓜子哼一声,
吓得皮不沾身,
荔枝倒把木搬正。

五更鼓里喳,
核桃爱穿黑鳞甲。
荸荠①泪如麻,
自小泥土身下压,
救兵粮撑在刺中扎。

十一、闹五更

一更鼓儿天,
春天过了有夏天。
妹妹工到田边,
太阳热炎炎。
秧苗泡在田中间,
卷起裤脚跳下田。

二更鼓儿发,
棵棵青秧田中插。
插不完东家要来骂,
妹妹你莫怕。

累得腰酸腿又麻,
歇歇气说过家常话。

三更鼓里糊,
娃娃坐到田边哭。
小娃娃哭到伤心处,
眼望东家送饷午,
饱饱吃了面家看园圃。

四更鼓里喧,
脸朝黄土背朝天。

浑身疼就把爹娘怨,
莫怨爹来莫怨娘,
穷家小户白帮东家忙。

五更鼓里稀,
日落西山渐渐低。
黄水脚跳进清水洗,
哥拿哥的烂斗笠。
妹披妹的破蓑衣,
妹妹呀明日田边会。

---

① 荸荠:又名马蹄、水栗、乌芋、菩荠等,荸荠皮色紫黑,肉质洁白,味甜多汁,清脆可口,既可做水果生吃,又可做蔬菜食用。球茎富淀粉,供生食、熟食或提取淀粉,味甘美;也供药用,开胃解毒,消宿食,健肠胃。

第六章

爱情篇

一、十月望郎（女）

（悲情调）

望郎二十一，
小郎下科去。
双手抓住郎的衣，
怎样舍得你。

望郎二十二，
小姑把门站。
十指尖尖掐指算。
何时才回房。

望郎二十三，
提灯进绣房。
孤灯独亮把床上，
两眼泪汪汪。

望郎二十四，
心中若着刺。
望郎不来不会死，
怎样过日子。

望郎二十五，
家家打年鼓。
一鼓打得奴辛苦，
五心没着主。

望郎二十六，
手提象牙梳。
十指尖尖把头梳，
怎样解忧愁。

望郎二十七，
茶饭没想吃。
眼泪双双滴下地，
这才湿了衣。

望郎二十八，
一身肉也麻。
茶水砂糖吞不下，
喉咙都硬扎。

望郎二十九，
一吞又一呕。
相思瘆病到了手，
你看丑不丑。

望郎三十夜，
奴家开敬茶。
开起敬茶敬菩萨，
不来不望她。

初一一早晨，
拜年群打群。
单单不见我有情人，
暗暗哼两声。

二、唱十二月（自由婚姻）

男：
a.正月是元宵，
妹妹好相貌；
妹妹写字写得好，
文化水平高。
b.二月百花开，
妹妹生得乖；
不爱妹妹好穿戴，
爱妹好人才。
c.三月是清明，
阳雀闹沉沉；
人不知春鸟知春，
妹妹没订婚。
d.四月把秧插，
妹满一十八；
不爱妹妹穿戴好，
爱妹好人才。
女：
a.哥哥听我说，
文化我没学；
写字好像棒棒夺①，
笑我干什么！
b.哥哥你莫确，
何必这样说；
看你思想不正确，

招呼挨家伙。
c.妹妹把话论，
听我说原因；
今年才满十七春，
订婚还没成。
d.一不讲穿戴，
二不讲人才；
只要哥哥思想好，
婚姻有安排。
（属男女对唱，男a对女a……）
男：
五月是端阳，
妹妹真漂亮；
我把婚姻对你讲，
自己作主张。
女：
哥哥你莫忙，
听我说端详；
回家问好二爹娘，
与你配成双。
男：
六月热闷闷，
与妹把婚定；
戒指纪念送给你，

妹妹你戴起。
女：
戒指我不要，
莫讲老一套；
只要哥哥情义好，
妹妹不心焦。
男：
七月七日半，
准备扯衣裳；
一心要扯的确良，
毛线一斤半。
女：
哥哥听话头，
衣服我各有；
新事新办要带头，
婚姻才自由。
男：
八月是中秋，
郎要下苏州；
买根丝帕搭娇头，
看娇留不留。
女：
妹妹把话言，
子哥哥出远乡；
花街柳巷莫去玩，

---

① 棒棒夺：土家俗话。

早去早回转。
男：
九月菊花开，
大轿请工抬；
准备去把酒肉买，
抓紧早安排。
女：
酒肉不用买，
大轿不用抬；
二人同意把会开，
扭起秧歌来。
男：
十月小阳春，
与妹结了婚；

二人共同一条心，
家发万事兴。
女：
哥哥说得好，
妹妹听见了；
同心同德建家园，
幸福万年长。
男：
冬月大雪天，
二人谈拜年；
准备糍粑打好多，
猪腿砍几个。
女：
糍粑不用打，

猪腿不用拿；
暂时没生小娃娃，
留着少抛撒①。
男：
腊月冷冻大，
二人订计划；
准备只生一个娃，
背起走戞②家。
女：
妹妹把话言，
说话顾羞点；
我俩今年去陈年，
明年把戞喊。

三、单身人

一手扇子二面清，
不照南京照北京。
南京北京没照到，
照到花子打单身。

一单身来二单身，
总成花子讨个亲。
正月十五请媒去，
二月十五就说成。

三月十五去过礼，
四月十五接过门。
五月十五怀了孕，
六月十五添学生。

七月十五就长大，
八月十五入学门。
九月十五得官做，
十月十五点翰林。
为人养儿都像我，
何愁天下不太平。

---

① 抛撒：土家俗语意指"浪费"。
② 戞：指小孩的外公外婆家。

四、情侣对唱

男唱:
郎在后檐打一岩,
妹在房中绣花鞋。
女唱:
双手推开门两扇,
问一声情哥哥你打哪里来?
男唱:
我的情妹我的妻,
我从苏州转来的。
那年你家歇一晚,
亲口许郎一双鞋。
女唱:
奴的情哥奴的郎,
鞋子扎起未曾上。

今夜我家歇一晚,
高挂明灯把鞋上。
男唱:
我的情妹我的妻,
你的家里是歇不得的。
那年你家歇一晚,
回去又受妻子气。
女唱:
奴的情哥奴的郎,
哪有男儿怕婆娘。
一天加她三顿打,
她是劣马也要降。
男唱:
我的情妹我的妻,

家中妻子是打不得的。
家妻好比屋上瓦,
情妹妹好比瓦上霜。
女唱:
叫你莫来你要来,
你来扰乱我花台,
我门前一棵梧桐树,
鹦哥去了凤凰来。
男唱:
叫我莫来我要来,
我来扰乱你花台。
我双手抢紧梧桐树,
哪有凤凰敢拢来。

五、时刻想姐在心中

子时想姐半夜中,
想来想去想不通。
翻来覆去都在想,
一心想姐来相逢。

丑时想姐鸡快啼,
想来想去眼泪滴。
双手抹去眼泪水,
不知情姐在哪里。

寅时想姐天朦胧,
明月还在天空中。
双手推开窗前望,
眼望明月手拍胸。

卯时想姐大天光，
不知情姐在哪方。
不知情姐在哪处，
不知何日得成双。

辰时想姐太阳红，
想来想去心朦胧。
遍及各地心没定，
九时和姐来相逢。

巳时想姐闷沉沉，
出门进屋没作声。
别人问我没答应，
想姐得了病一身。

午时想姐日正当，
想姐想得心里慌。
想姐成了一身病，
南海岸上求药方。

未时想姐日偏西，
不知情姐在哪里。
时时想姐没忘记，
你在东来我在西。

申时想姐日落西，
不知情姐在哪里。
白日夜晚都在想，
枉自是个空欢喜。

酉时想姐黑了天，
为弟坐在大门边。
为弟坐在大门口，
喝口凉水吸口烟。

戌时想姐无下落，
又冷手来又冷脚。
为弟八字生错了，
想姐得个病来磨。

亥时想姐想不通，
掐着鼻子抹着胸。
看到人家花园美，
唱曲花灯进梦中。

六、逢月交情

正月逢美去交情，
郎打戒指送情人。
郎的钱财如粪土，
姐的仁义重千斤。

二月逢美去交情，
粉笔墙上画麒麟。
画虎画皮难画骨，
知人知面不知心。

三月逢美去交情，
江边柳树倒发根。
有意栽花花不发，
无心插柳柳成荫。

四月逢美去交情，
瘦马拴在青草坪。
马行无力皆因瘦，
人不风流只为贫。

五月逢美去交情，
花鼓龙舟伴水行。
龙舟前行靠撑捎，
同舟共济人心齐。

六月逢美去交情，
六月太阳如火焚。
有钱有酒多兄弟，
急难何曾见一人。

七月逢美去交情，
月半酿酒敬神灵。
不信但看筵中酒，
杯杯相劝有钱人。

八月建美去交情，
情妹住在远山林。
贫居闹市无人问，
富在深山有远亲。

九月逢美去交情，
九十公公上山林。
山中也有千年树，
世上也有百岁人。

十月逢美去交情，
十月有个小阳春。
人不求人一般大，
水不下滩一样平。

冬月逢美去交情，
雪花飞舞好冷人。
良言一句三冬暖，
恶语伤人六月寒。

腊月逢美去交情，
蜡梅开花惹坏人。
花妹生得实在好，
秋波暗送情郎心。

第七章

典故篇

一、八洞神仙

第一神仙汉钟离，
双花乔眉，
在云端下象棋，
仙船驾过东海里，
老龙来相戏而哟依哟。
背鳌鱼、蓬莱戏，
衣裳常不离。

第二神仙张果老，
身穿道袍，
每日里云中飘，
无忧无虑乐逍遥，
上空来作道而哟依哟。
将鱼鼓怀中抱，
常在云中敲。

第三神仙铁拐李，
脚儿拜①起，
在云端笑嘻嘻，
身穿一件紫色衣，
拐仗横拿起哟依哟。

药葫芦背上系，
仙丹常不离。

第四神仙吕纯阳，
身背宝剑，
来变化下凡间，
变一美貌女娇娘，
前去戏一番而哟依哟。
他二人把酒参，
东君醉岳良。

第五神仙何仙姑，
常在海屋，
在云端口念佛，
修行得到云雾中，
又把蟠桃赴而哟依哟。
赐鲜花又戴绿，
云端笑呼呼。

第六神仙韩湘子，
丢下林氏，

终南山问真师，
后来得到佛药赐，
手拿笛一支而哟依哟。
度叔父丢下失，
叔叔又不知。

第七神仙蓝采和，
口念佛歌，
手提花篮剩几多，
仙船驾海河而哟依哟，
老龙精起波涛，
沉下东海河。

第八神仙曹国舅，
独奔千秋，
在云端坐云头，
红尘世事一旦丢，
逍遥乐无忧而哟依哟。
远望母去上寿，
群仙同饮酒。

---

① 拜：土家俗语，意思是跛脚。

二、英台哭坟

山伯命归阴,
安童转回程。
报与姑娘知真情,
哭得好伤心。

山伯命归西,
将奴吓倒地。
来在阴间做夫妻,
奴来陪伴你。

不表祝英台,
梁家好悲哀。
就请道士把路开,
一家忙安排。
道士写孝表,
又写引魂幡。
一张句纸都写完,
灵前三顿饭。

只等天明亮,
安童来埋葬。
一阵抬到南山上,
安葬山伯郎。

道士与阴阳,
看的子午向。

开山挖井把他葬,
葬毕转回乡。

道士诵经卷,
度亡早登天。
灵前烧香化纸钱,
亡者晚前见。

爹娘泪不干,
哭得好凄惨。
思想起来肝肠断,
养儿是枉然。

按下且不表,
再表祝英台。
只因山伯命归西,
每日泪成海。

杭州攻书文,
是奴许为婚。
因为奴家得了病,
一旦命归阴。
哭了又叹气,
是奴害了你。
今生不得成夫妻,
来生陪伴你。

英台泪淋淋,
银心叫一声。
马家择日要迎亲,
突然得一惊。

急忙出闺门,
堂前请双亲。
儿有一言要告禀,
就死也甘心。

祝公忙来问,
我儿告何情。
只管口头对父明,
何必珠泪淋。

英台叫父亲,
杭州攻书文。
路上遇着一书生,
也是同乡人。

名叫梁山伯,
生得好品格。
与儿同窗共笔墨,
有贤又有德。

同学三年整，
有意许为婚。
假说有妹在闺门，
许他结为婚。

回来想在心，
未有露真情。
谁知许了马家婚，
儿敢不从命？

山伯前来访，
儿才告真言。
回家得病卧在床，
为儿把命丧。

儿要办祭礼，
坟前把他祭。
今生不能成夫妻，
略表结拜意。

祝公把头点，
我儿是真贤。
备办祭礼并纸钱，
任儿出祭奠。

儿是闺门女，
攻书知礼义。
前往祭奠嘱咐你，
谨言冷叹气。

话才说完了，

银心一声叫。
马家娶亲齐来到，
抬的花花轿。

英台听此报，
珠泪往下抛。
辞别爹娘忙上轿，
一家珠泪掉。

辞别往前行，
望见山伯坟。
银心上前忙告禀，
吩咐把轿停。

英台下了轿，
坟前忙跪倒。
摆下祭礼把纸烧，
放声哭嚎啕。

梁兄奴的哥，
你我会不着。
阴司地府慢慢过，
早晚等着我。

梁兄你且听，
你到阴司等。
马家接奴去成亲，
不作两世人。

奴家许了你，
害你命归西。

思前想后不过意，
是奴害了你。

阎王无道理。
怎不叫奴去，
同到阴司来见你，
也是两夫妻。

坟前烧张纸，
双膝跪在地。
梁兄阴司受孤凄，
哪个陪伴你。

英台把酒奠，
哭得好凄惨。
梁兄接奴到阴间，
同你见阎之。

哭得天色昏，
地下雾沉沉。
忽然霹雳响一声，
劈开山伯坟。

狂风起一阵，
英台挤进坟。
娶亲之人掉了魂，
都说怪事情。

公子名马俊，
咬牙切齿恨。
恨的山伯这冤魂，
死后成了精。

新人挤进坟，
拆散两婚姻。
想我饶他万不能，
定要把冤伸。

阳间没有法，
阴间去告他。
阴占阳妻罪恶大，
阎王怎开发。

想是这等想，
怎得见阎王。
他在阴来我在阳，
如何去告状。

千思并万想，
想得无主张。
除了舍身把命丧，
才得见阎王。

手拿绳一根，
却问死路人。
悬梁高挂把命倾，
魂魄入了阴。

马俊吊死了，
爹娘听此报。
吩咐书童忙下悼，
一家哭嚎啕。

按下且不表，
又把焉俊道。
三魂杳杳把状告，
阎王听根苗。

马俊开言讲，
阎王听端详。
只有阳间娶亲房，
却被冤魂占。
无处来伸冤，
才把命来丧。
故此阴司来告状，
望君作主张。

阎王一声喊，
冤魂好大胆，
说甚阳间把法犯，
快快说端详。

马俊忙告禀，
阎王听详情。
他在阳间一书生，
死后成了精。

此人了不得，
名叫梁山伯。
埋在南山坟开裂，
把我妻子接。

阎王笑嘻嘻，
阳间出稀奇。

裂开坟基收人妻，
难得问端的。

急忙写禀告，
快把阴差叫。
忙把山伯坟挖了，
才访这根苗。

阴差着了忙，
出了地府堂。
阴司城内去相念，
忽然就通电。

远看祝英台，
跟随山伯来。
二人伤心哭哀哀，
哭得好伤怀。

哭声梁兄夫，
你我命好苦。
阳间不能成夫妇，
阴司同一路。
正在往前行，
休在本源城。
阎王叫我得一惊，
才见梁兄们。

听得嚓一声，
二人得一惊。
阴差不必怒气生，
同你见阎君。

阴差往前行，
二人随后跟。
不觉到了地府门，
胆寒又心惊。

阴差前来报，
把人都拿到。
地府堂前把名报，
才来把孽消。

阎王把口开，
吩咐带上来。
谁是好来谁是歹，
自然有安排。

阴差一声叫，
二人吓一跳。
地府堂前忙跪倒，
口口阎君叫。

阎王怒气生，
横眉鼓眼睛。
你是阳间什么人？
死后成了精。

成精你作怪，
把人婚姻坏。
阴占阳妻不应该，
从头说上来。

若有一字假，
阴司背后拿。
阴司法律有天大，
快快说实话。

山伯忙告禀，
阎王听详情。
我是阳间一书生，
每日读五经。

路遇英台女，
二人才结义。
我为兄亲她为弟，
同学把书习。

日间共学堂，
夜间共卧房。
二人安宿共一床，
好像夫妻样。

同学三年春，
她本一女生。
女装男样攻书文，
我实不知情。

我暗她在明，
口说许为婚姻。
便把她家来访问，
许了马家门。

为她想成病，
一旦命归阴。

阴魂不散把她恨，
实伤我的心。

马家去娶亲，
经往山伯坟。
思前想后坟开裂，
把她来迎接。

句句是真言，
阎王分明判。
马家在后我在前，
看谁是姻缘。

阎王听他话，
假把气来发。
指着英台一声骂，
快快说实话。

英台听此话，
叩头忙回答。
山伯说的真情话，
一字也不差。

阎王忙点头，
夫妻前世修。
姻缘簿上定成就，
要查这根由。

忙把笔来拿。
口供都写下。
吩咐判官把簿查，
才分真和假。

判官领了命，
不敢来留停。
姻缘簿上查分明，
前来奏阎君。

山伯与英台，
姻缘拆不开。
前世修成夫妻债，
今生本应该。

错许马家婚，
难怪不得成。
今生未成在来生，
方来结婚姻。

阎王把头点，
提笔判姻缘。
山伯英台本在先，
不得错一点。
马俊修身真，
回阳别娶亲。
你与英台在来生，
姻缘簿上定。

三人齐还阳，
各自保安康。
还要每日做善事，
四海把名扬。
三人把头叩，

各人把愁丢。
阴司地府莫闲游，
同往阳间走。

阴府判断了，
又把梁家表。
山伯死了五七到，
坟前把纸烧。

正在把纸烧，
一家哭嚎啕。
霹雳一声坟开了，
哎呀一声叫。
山伯与英台，
坟内爬起来。
叫声爹娘莫伤怀，
儿今还魂来。

爹娘哈哈笑，
古怪真希巧①。
哪有人死又活了，
世上真正少。

一起归家门，
惊动多少人。
个个前来问原因，
都说一新闻。

三亲六眷多，
都来选恭贺。

人死坏了已然活，
天下有几个。

祝家得知道，
两脚忙忙跪。
听说女儿又活了，
世间真是少。

英台忙上前，
爹娘听我言。
阴间断婚说一番，
个个把名传。
吩咐把期择，
二人拜天地。
拜罢天地成夫妻，
夫妻来结义。

按下且不表，
暗中结分晓。
山伯来京去出考，
英台为他保。

忙把祖宗敬，
愿夫跳龙门。
平安到京奴夫君，
万古来传名。
山伯上金殿，
皇榜状无点。
一定点上状元郎，
四海把名扬。

---

① 希巧：土家俗语，意思是稀奇。

三、柳荫记

（花灯灯戏——梁山伯与祝英台）

古往到今来，
出一祝英台。
聪明伶俐真可爱，
好个女裙钗。

自幼在闺阁，
勤把针织学。
描龙绣凤女娇娥，
挑花又绣朵。

滁州城外住，
家中多豪富。
门前有棵梭罗树，
青龙包白虎。

左右两清泉，
一双好龙眼。
白鹤仙人站井边，
玉女坐中间。

名叫杏花庄，
麒麟赶凤凰。
祝家住在凤头上，
代代出娇娘。

耳听人人讲，
孔子立学堂。
奴在杭州这地方，
攻书习文章。

移步上高堂，
请出二爹娘。
儿要杭州上学堂，
女装男儿样。
祝公听此语，
叫声我的女。
你要杭州功书去，
路途有千里。

儿是闺门女，
怎么放心去。
我儿怎行千里路，
行走不便宜。

英台听此语，
低头长叹气。
儿将前世古人比，
爹娘听端底。

有个蔡文姬，
弹琴甚聪明。
又有一个谢道韫，
能诗又能文。

这是女儿们，
二人永垂名。
女儿谁是女针裙，
自幼事懂得。
儿要习五经，
哪管远和近。

怕的女儿有二意，
对天把誓盟。
跪在地也呈，
日月共家神。
杭州攻书有私情，
永不回家门。

祝公听此情，
我儿是真心。
吩咐收拾盘费银，
我儿早登程。

嫂嫂见此情，
冷笑两三声。
姑娘杭州攻书文，
恐怕身不稳。

英台听此语，
扯住嫂嫂衣。
二人来到花园里，
与嫂说端的。

我若有二意，
天雷把我劈。
三尺红绫交与你，
埋在花树底。

杭州有二意，
红缕烂如泥。
若是攻书无二意，
红绫是好的。

二人跪下去，
就埋花树底。
好个英台聪明女，
辞别杭州去。

英台攻书文，
哪知嫂嫂心。
与日暗中巧计生，
浇水烂红绫。

红绫烂干净，
方知我的心。
等她攻书转回程，
无面见奴身。

想了心不服，
泼上几茶壶。
不知嫂嫂用计毒，
再把英台诉。

迈步往前奔，
赶着一书生。
二人投机讲诗文，
便把家乡问。

山伯忙开言，
家住哪何方？
跟从夫子读文章，
相遇到此间。
我名梁山伯，
问兄住何方。
高姓大名道甚详，
一路同伴玩。
与山伯路边来结拜。

英台说前因，
梁兄你且听。
在家奉了父母命，
杭州习五经。

住在祝家庄，
名叫祝九郎。
也从夫子读文章，
相遇到此方。

山伯心着急，
二人问年纪。
大为兄来小为弟，
二人来结义。

跪在地埃尘，
撮土把香处。
祷告虚空各神圣，
结拜弟兄称。

兄长十七春，
弟小一岁零。
生同一路死同坟，
犹如同母生。

结拜心不正，
打入地狱门。
同心一路往前奔，
早登杭州城。

英台用木梭，
前面一条河。
没有渡船把河过，
这才难坏我。

低头自沉吟，
奴是女钗裙。
先破机买苏打井，
讲坏奴闺门。

熟把巧计生，
梁兄前去问。
不知水浅和水深，
快去问原因。

山伯听此情，
急忙前去问。
要问这河水浅深，
过此赶路程。
英台用了计，
脱了鞋和衣。
连忙几步走过去，
恐怕失了机。

英台过了河，
急忙穿上鞋。
远望山伯元下落，
就在河边坐。

山伯沿河问，
四下无一人。
叫声贤弟着急等，
即便转回程。

山伯下河坡，
抬头看见河。

不知贤弟怎么过，
真正吓坏我。

贤弟年纪轻，
你好不聪明。
恐怕水深丧了命，
就此乱胡行。

英台叫哥哥，
等得急坏我。
水深水浅也要过，
大胆过了河。

山伯听此说，
脱衣过了河。
江水滔滔也要过，
也把河来过。

弟兄笑盈盈，
一路往前行。
行路不爱山中金，
到了杭州城。

改日天明起，
就在学堂里。
弟兄双膝跪在地，
从师学礼仪。

夫子开言语，
家住在哪里？
二人从头说端的，

夫子心中喜。

好个梁山伯，
生得好品格。
眼看英台红颜色，
一定有周折。
学生两边排，
都说英台乖。
眉清目秀真可爱，
好像女裙钗。

同学攻书文。
一笔滔滔顺。
山伯英台无二意，
如同一母生。

前世安排定，
今生弟兄称。
每日攻书无厌心，
只想跳龙门。

读书大半年，
赛过曹子建。
才高百斗书万卷，
句句出妙言。

同桌又同眠，
荷花出藕莲。
五月龙舟闹江边，
夫子便开言。

今日是端阳，
放你出学堂。
学堂游玩在山岗，
打些桃子尝。

英台失了机，
女子无力气。
手拿顽石打不起，
众友笑嘻嘻。

英台不过意，
低头长叹气。
郑秀见她无桃吃，
把桃生巧计。

丢在她手里，
说话又和气。
祝兄好像女儿辈，
无有四两力。
英台回言答，
就把郑秀骂。
说是力小与力大，
怎比女儿家。

郑秀听此情，
低头自沉吟。
英台回转书房门，
用心习五经。

英台聪明女，
日夜不脱衣。

惹动山伯心动疑，
开言叫贤弟。

阴天并暑热，
穿衣怎睡得。
你我都是同床歇，
有病对我说。

英台叫山伯，
哥哥你不晓得。
不脱衣服不受热，
不说不明白。

自小受寒凉，
怕遇雪和霜。
日夜不敢脱衣裳，
和衣睡在床。

山伯听从头，
就是这根由。
同学窗友解小手，
如何躲得丑。

读书同学堂，
并不一路玩。
山伯便问祝九郎，
不知甚其群。
如兄观察你，
好像女钗裙。

英台一听怒声起，
兄言什么意？
你我来结义，
如同亲兄弟。
同读圣贤涛几句，
不知周公礼。

走路不要忙，
要学斯文样。
解手不可对三光，
必要在路旁。

山伯听此语，
夫子服九弟。
每日学堂心常疑，
听之在心里。

英台心自明，
奴是女钗裙。
识破机关漏了行，
讲坏奴闺门。

越思越烦恼，
真正识破了。
不如面家计策高，
免把长短道。

一日用计较，
便把梁兄叫。
昨夜王更梦计巧，
必定是凶兆。

想是二双亲，
在家身患病。
生死存亡不知音，
必要转面程。

山伯听端的，
开言叫贤弟。
你今分别要回去，
不得相伴你。

同学三年整，
许多思和忆。
相交如同亲兄弟，
真正难舍你。
难舍弟兄伴，
前世结有缘。
你今要把爹娘看，
这是理当然。

英台叫哥哥，
有话难尽说。

又念相交情义多，
何必陪伴我。
山伯泪涟涟，
贤弟听我言。
我的文学不周全，
还要读半年。
英台辞师尊，
辞别窗友们。
收拾行李就动身，
立即早登程。

四、山伯访友

（根据潘光兵忆唱记录整理）

闲言且丢开，
山伯与英台；
杭州攻书转回来，
去把朋友拜。

迈步往前行，
前面一竹林；
不知九郎哪乡村，
无人来指引。

前面一瓦房，
必是祝家庄；
四水归地一粉墙，

东西两厢房。
到了祝家庄，
解带换衣裳；
龙行虎步上高堂，
参拜祝九郎。

银心把话答，
九郎不在家；
相公会他有甚话，
明日来会他。

大姐听我说，
我是杭州客；
我与相公弟兄结，
名叫梁山伯。

杭州来分别，
已有六个月。
来在贵府来拜谒，
望姐对他说。

银心得此语，
两脚走入云；
报与姑娘是真情，
来了一书生。

他是杭州客，
特来拜访你。
同学窗友一知己，
故此到家里。

蓝衫绣带飘，
鬟梳多乖巧。
千里路途问知己，
特来拜望你。

他是杭州客，
名叫梁山伯；
那日与你弟兄结，
记得记不得。

英台听此情，
犹如冷水淋；
想是梁兄到我门，
冤家害死人。

英台进房门，
打粉胜十分；
好似粉水画美人，
巧妆难化成。

好个女佳人，
化把莲花镜；
擦上胭脂和水粉，
美貌女千金。

头发梳青丝，
梳得多标致；
插根凤头金钗子，
耳环是宝珠。
双手绾拔龙，
牡丹配芙蓉。
头戴金簪乔眼红，
打粉大不同。
身穿芙蓉衫，
绣花外托肩；
织锦双凤穿牡丹，
绸裤滚绣边。

脸似桃红腮，
少年女裙钗。
缎子头上绣花带，
现出金莲来。

十指如春笋，
金莲二半寸。
如同仙女来下凡，
真正是好看。

手戴金玉圈，
行走响叮当；
十指尖尖如白霜，
戴起真好看。

头发乌云黑，
脸儿白如雪；

樱桃小口又会说，
闺中本出色。

梳起小波云，
胭脂口中唇。
珠宝翠花插两根，
赛过女钗裙。

乌云两边分，
燕尾自生成；
一口细牙白如银，
真正爱坏人。

梳个巧梳妆，
打粉美人样；
头发双凤来朝阳，
身上带麝香。

收拾打粉毕，
走出堂前去；
一见梁兄施一礼，
几时回来的？
山伯把眼睁，
见她这一惊。
好似一个活观音，
缺少一镜屏。

说是九郎妻，
上前施一礼；
相公与我来结义，
同学把书习。

特地来拜他，
却又不在家。
辞别多久常牵挂，
是我无缘法。

思想弟兄情，
请转贵府门。
姑娘说与相公听，
我要转回程。

他若来回家，
说我拜上他。
他在杭州说的话，
不知真和假。

英台把话说，
眼泪往下落。
叫声梁兄奴的哥，
我是女娇娥。

就是祝英台，
梁兄转回来。
杭州与你来结拜，
望你不得来。

望你早早来，
如今来迟了。
就是前世未修到，
姻缘错过了。

当日在书房，
女装男的样。
与兄同路在寒窗，
情义不可忘。
英台回家乡，
每日自思量。
只望梁兄走一趟，
与奴结鸳鸯。

望你只月零，
不见梁兄迎。
爹娘哥嫂不知情，
许配马家门。

山伯听此话，
泪落如抛沙。
可怜裙钗小冤家，
怎不说实话。

日间同学堂，
夜间同宿床。
哪知你是女娇娘，
姻缘不相当。

同学三年整，
结拜弟兄称。
你说有妹在闺门，
特来走一程。

英台泪涟涟，
梁兄听奴言。

分手暗藏许多言，
不懂是枉然。

说过多少话，
全不记心下。
暗说许多机巧话，
将奴错怪他。

鸳鸯水上过，
鱼儿水中梭。
双双好比你和我，
为何猜不着。

送奴十里亭，
句句是真情。
梁兄不像读书人，
全然书聪明。

回到花园里，
摘榴暗藏意。
双手摘下与你吃，
暗提姻缘情。

一窍也不通，
只装耳边风。
大风吹过永无踪，
心里总不空。

梁兄来得稀，
请到书房去。
无事不到我家里，
淡酒弄杯吃。

来到书房中，
淡酒待梁兄。
同学王年把书攻，
情义一样同。

桌儿来摆起，
梁兄请坐席。
二人席上把话叙，
讲的情和义。

山伯坐首席，
英台陪下席。
二人席上双流泪，
今日得相会。

英台好款待，
办出十碗菜。
绵羊肉类炒猪肝，
两碗盘花蛋。

海参与附片，
膀蹄炖得烂。
八大八小十六盘，
海参摆中间。

一碗子鸡肉，
板鸡炸排骨。
油酥鱼饼并馍糊，
好酒上一壶。
酌上一杯酒，
奉与梁兄手，

口劝梁兄莫带忧，
宽怀吞下喉。

山伯把杯举，
未曾端拢去。
眼泪双双落下地，
放下酒不吃。

二杯酒酌起，
递在兄手里。
手上取下金戒指，
梁兄你戴起。

手把戒指扭，
梁兄你莫忧。
河里无鱼世上有，
必须把奴丢。

三杯酒满筛，
梁兄放宽怀。
许多情义把奴待，
今日怎丢开。

劝兄把奴丢，
切莫挂心忧。
姻缘本是前世修，
由命不自由。

好比牛郎星，
立在河东村。
七月七日会一旬，

依然两离分。

劝兄听奴言，
莫把奴挂牵。
奴将汗衫脱一件，
别处求姻缘。
别娶女娇娥，
姻缘误差错。
见了汗衫如见我，
奴来送恭贺。

奴来恭贺你，
见奴莫着急。
别娶一个美貌妻，
神仙保佑你。

别娶女佳人，
姻缘天生成。
赛过前朝女钗裙，
比奴胜十分。

梁兄来得稀，
没有好酒吃。
多住几日莫嫌弃，
讲奴丢情义。

姻缘前世定，
由命不由人。
姻缘要从爹娘命，
莫怪奴无情。

贤弟不必留,
留下结冤仇。
这次姻缘没成就,
在此没后由。

二人手挽手,
送出大门口。
口叫梁兄慢慢走,
梁兄慢慢走。

一对好鸳鸯,
不得修成双。
前世烧了断头香,
姻像不相当。

山伯回头看,
英台泪不干。
二人哭得肝肠断,
铁石心肠软。
山伯转回程,
英台自思忖。
二人情义从此分,
姻缘不得成。

英台把楼上,
两眼泪不干。
真正不好说短长,
空来走一场。

山伯转回乡,
每日自思量。

梦中不离祝家庄,
茶饭不想尝。

山伯得了病,
日夜不安宁。
冷来好似水冰冰,
热来火一盆。

不知什么病,
皮冷骨头烧。
百样药材医不好,
只怕命尽了。

病了一月零,
爹娘问病根。
我儿得的什么病,
快快说病因。

山伯叫爹娘,
听儿说端详。
自从看了祝九郎,
得病卧牙床。

爹娘听此情,
忽然得一惊。
我儿得的这病根。
快快请医生。

山伯把病害,
传言与英台。
山伯回家常挂爱,

叫奴怎安排。
忙把墨来磨,
又把纸来开。
眼泪双双掉下来,
又把纸写坏。

叹了一口气,
提笔写端的。
今生不能成夫妻,
死后相伴你。

手拿纸一张,
铺在桌子上。
紧紧忙忙开药方,
梁兄要休养。

十全大补汤,
人参与地黄。
血气归位才清爽,
后用君子汤。

当归与黄芪,
血气尽归位。
精神虚体不好睡,
此病渐渐退。

麦冬与栀子,
能解心头热。
药中甘草少不得,
通筋壮骨骼。

不要用多了，
青皮与茯苓。
常吃肉桂补精神，
药医有缘人。

米炒雄山药，
姜片用不着。
君臣使座来配合，
朱砂切不错。

草果与木香，
红枣与桂圆。
头昏仙丹加五钱，
病后好保全。

口尝好五味，
咳嗽桔梗配。
要禁深寒和冷水，
免得病返馈。

如误要记到，
记到苏柄草。
生冷不用多吃了，
怕得病难好。

一要禁雄鸡，
二要禁鲤鱼。
得病肉类要少吃，
方得病脱体。

药方开完了，
忙把安童叫。
快到梁家走一遭，
照单买药料。

安童接过手，
双脚忙忙走。
来在梁家大门口，
忙把纸来投。

山伯接书看，
犹如刀割肝。
头上加油把眼翻，
一口气也断。

五、槐荫记

女白：
来在南天门，
今年大洪运，
来在槐荫树，
等候行孝人。
奴乃七仙姑是也，
董永行孝感动天庭，
奴的父皇降下圣旨，
命奴下凡与他成亲。

女唱：
离开了天空，
来自是红尘。
董永行孝感动天庭，
来此来至槐荫树，
等候那小董郎哭声到来临。

男唱：
父母死怎不泪双淋，
无钱葬父去卖身。
将身来在槐荫树，
猛抬头只见一个美佳人。

女唱：
小相公你不小心，
如何见奴着一惊。
来此来至槐荫树，
奴问你讨亲未讨亲。

男唱：
这娘子何方何姓人，
你不该扯我这根生，
前面董永就是我，
你管我讨亲未讨亲。

女唱:
原来是董家小相公,
久仰高名长挂在我心中。
来此来至槐荫树,
未讨亲奴今日与你成婚。

女唱:
小相公你眼莫看差,
奴家不是败柳残花。
来此乃在槐荫树,
槐荫树做媒人慢慢来谢它。

女唱:
小相公你宽心又宽怀,
背后现出土地来。
你我夫妻恩爱好,
结婚后保你无病又无灾。

男唱:
这娘子好不害羞,
哪一个女儿家自作风流。
本当今日依从你,
情只怕无媒人把你偷。

男唱:
这娘子如何爱董永,
董永本是贫穷人。
与我结婚不打紧,
情只怕少衣食难度这光阴。

土地:
小相公劝你把亲成,
老身与你做媒人。
男才女貌成双对,
恭喜你结婚后发又发孙。

六、薛仁贵征西

闲言且休谈,
灯在主家玩,
听唱仁贵上头关,
改名毛二郎。

仁贵叫先生,
我父毛子贞。
三韬五略样样能,
白屋出公卿。

周文把话讲,
吩咐摆酒筵,
家人忙把酒筵摆,
酒醉吐真言。

名称毛子贞,
推车上山林,
幸遇周武与周文,
不是毛家人。

周文把话言,
吩咐点弓箭,
为何四十一支箭,
把箭说端详。

酒醉叫周青,
筛茶元帅吞,
周武要杀薛仁贵,
阻挡是周文。

周文认不得,
吩咐把箭提,
问声先生何处人,
高姓又大名?

仁贵把话明,
我父毛子贞,
赠我弯弓随带身,
小人散散心。

周文把话明,
贤弟你且听,
将帅上了你我门,
结拜弟兄称。

结拜在山岗,
未曾过几关,
里应外合杀上山,
要杀飞天将。

飞将中了箭,
箭射左膀上,
摩天岭上不敢战,
带箭过西凉。

摩天岭上这一仗,
采得三山无人烟,
大小官员来授降,
活捉新魔一大王。

飞将在空中,
锤打李庆红,
二人杀战震长空,
力大是英雄。

飞将逃进营,
现了大原形,
雅托金来雅托银,
一齐大交兵。

山上战已停,
殿内出乌金,
从打今日战过后,
清净国太平。

七、穆柯寨

锣鼓且住声,
听我说根深。
穆柯寨前去招亲,
名叫穆挂英。

宗保领父命,
上马就行程。
要取降龙木一根,
急走不留停。

来到穆柯寨,
通信女裙钗。
说是宗保到此来。
姑娘请开怀。

开言问端详,
家住在何方。

有何贵事到我乡,
手持一长枪。

池久弄火谈,
我主投宋王。
只因太后不归降,
四时好猖狂。

五郎斗大斧,
去取降龙木。
齐心协力保宋主,
行兵多辛苦。

奴有一事情,
说与相公听。
要做鸳鸯枕边人,
得成不得成?

你若要成双,
回营问父王。
小姐此事不要忙,
等我转回乡。

不依要你依,
何必就成亲。
免得奴家受孤凄,
良缘又休提。

未得父帅命,
哪个作媒证。
宋主降罪谁担承,
事实不容情。

你我成了双，
不怕你父王。
宋主降罪我承担，
奴来奉保险。

猿猴站两边，
实在真有缘。
先拜地来后拜天，
夫妻万万年。

八、十二月好唱祝英台

正月好唱祝英台，
其他闲言且丢开。
杭州攻书转回来，
转身才把爹娘拜。

五月好唱祝英台，
锣鼓龙船顺江来。
前头坐的梁山伯，
后头坐的祝英台。

九月好唱祝英台，
重阳造酒菊花开。
满满酌上三杯酒，
杯杯相劝山伯郎。

二月好唱祝英台，
梁山燕子双双来。
梁山燕子双双到，
一双去了二双来。

六月好唱祝英名，
一把洋伞就打开。
张张高上案云间，
朵朵遮盖祝英台。

十月好喝祝英台，
出房去把朋友拜。
与我结婚来迟了，
珠泪汪汪落下怀。

三月好唱祝英台，
后檐阳雀叫唉唉。
一来催动阳春早，
二来催动牡丹开。

七月好唱祝英台，
八十一只燕飞来。
燕在云中失落伴，
山伯不见祝英台。

冬月好唱祝英台，
阴司含怨鬼坟开。
年年有个七月半，
家家烧纸哭哀哀。

四月好唱祝英台，
田中秧老无人栽。
多买胭脂少打粉，
打扮英台下田来。

八月好唱祝英台，
杭州攻书转回来。
男读三年不识字，
女读三年考秀才。

腊月好唱祝英台，
山伯死了南山埋。
有情有义墓坟开，
无情无义马家抬。

九、孟姜女哭夫（一）

（四季迎春调）

春季到来绿满山，
大姑娘窗下绣鸳鸯。
忽然一阵无情棒，
打我鸳鸯各一方。

夏季到来柳丝长，
大姑娘漂泊到长江。
江南江北春光好，
遍地青纱红高粱。

秋季到来谷满仓，
大姑娘夜夜梦故乡。
醒来不见情郎面，
只见床头明月光。

冬季到来雪茫茫，
棉衣做好送情郎。
情郎筑城长城内，
做好当年小孟姜。

一书四季都快完，
没见情郎在身边。
哪日得见情郎面，
一日当作几十年。

哭一声来奴的夫，
两眼泪下停不住。
只想为夫长城走，
哪晓丢妻到后头。

哭一声来我夫君，
为妻每日记在心。
花开花谢年年在，
夫君一去永不回。

哭一声来奴的郎，
前世烧了断头香。
要想婚姻成双对，
除非大梦又一场。

我越想来越伤心，
奴独自一人在家庭。
白日在家度光阴，
夜晚守房我一人。

我越想来越悲哀，
我的两眼都哭坏。
顺手忙把泪来揩，
我还要去早安排。

十、孟姜女哭夫（二）

正月里来是新春，
家家户户点红灯；
人家夫妻团圆会，
姜女丈夫筑长城。

二月逢春暖洋洋，
双双燕子闹华堂；
燕子成双又成对，
姜女一人好孤单。

三月里来是清明，
家家户户去上坟；
人家上坟随夫走，
难我姜女独自行。

四月里来看蚕忙，
姑嫂二人去采桑；
桑篮挂在桑树上，
一把眼泪一把桑。

五月里来是端阳，
家家户户好秧忙；
家家都把秧田管，
姜女田中草成行。

六月里来热难当，
蚊虫飞来闹洋洋；
宁可咬奴千万口，
莫咬我夫万喜良。

七月里来秋风凉，
家家户户做衣裳；
户户都把新衣做，
姜女破衣穿身上。

八月里来雁门开，
孤雁脚上带霜来；
俺同孤雁一样苦，
一对鸳鸯两分开。

九月里来菊花黄，
菊花造酒满缸香；
人家造酒夫妻饮，
姜女造酒无人尝。

十月里来寒霜降，
冰花如雪地遍霜；
长城天冻多寒冷，
夫君无衣命难熬。

冬月里来雪花飞，
姜女千里送寒衣；
哭倒长城一万里，
没见我夫范喜君。

腊月里来过年忙，
家家户户杀猪羊；
户户都把猪羊宰，
姜女一人好凄凉。

第八章

茶花调

一、采四季茶

女:
春季(那个)采茶茶叶青,
奴在(那个)房中绣手巾。
男:
大姐绣朵茶花开,
二姐绣个采茶人。
女:
夏季(那个)采茶热洋洋,
风吹(那个)茶花遍地香。
男:
大姐摘来传二姐,
前花没得后花香。
女:
秋季(那个)采茶是重阳,
挑起(那个)茶叶过大江。
男:
脚踏船头忙忙走,
卖完茶叶转回乡。
女:
冬季(那个)采茶大雪飞,
情哥(那个)出门多穿衣。
男:
妹在房中忙绣花,
绣朵茶花等哥回。
合:
茶叶绿来茶叶香,
妹妹双双采茶忙。
茶叶绿来茶叶香,
满山茶歌飞上梁。

二、采茶花

正月采茶闹花灯,
十八小姐到家门;
手提花灯把歌唱,
一贺新年二采茶。

二月二是龙抬头,
后园阳雀叫喳喳;
一来催动阳春早,
二来山中茶发芽。

三月逢春好唱花,
满山茶树正发芽;
十八小姐采茶去,
罗裙兜茶头戴花。

四月采茶暖洋洋,
郎在田中插秧忙;
栽得秧来茶又老,
采得茶来秧要黄。

五月采茶是端阳,
龙船下水闹长江;
二十四把花桡桨,
奔坏几多少年男。

六月采茶热忙忙,
情妹采茶送郎尝;
有钱之人泡细茶,
无钱之人粗茶难。

不得尝来不得尝,
忍气吞声转回房;
采茶唱到六月止,
七八九十唱不完;

七八九十唱不完,
只怕当面有人谈;
实在要我唱完起,
先打家什①再开腔。

七月采茶七月七,
牛郎织女配合起;
凡事学得二人样,
交朋结友算第一。

八月采茶是中秋,
杨广打马下扬州;
一心要把鲜花采,
万里江山一旦丢。

九月采茶是重阳,
梁山伯来祝九郎;
今日不得成双对,
来世必定两成双。

十月采茶小阳春,
收拾行李转回程;
几多妹妹钱找够,
几多哥哥账不明。

冬月采茶落白雪,
看到有茶采不得;
尖起拇指摘几手,
急忙就在火上歇。

腊月采茶得一年,
北国修起万里墙;
北国修起墙万里,
活活害死范喜良。

一年采茶我唱完,
我与老少商过量;
众位老少商量好,
收拾花灯转别乡。

三、采茶（四季）

春季采茶茶叶青,
奴在房中绣手巾;
大姐绣朵茶花开,
二姐绣个采茶人。

夏季采茶热洋洋,
风吹茶花遍地香;
大姐摘来传二姐,
前花没有后花香。

秋季采茶是重阳,
挑起茶叶过大江;
脚踏船头忙忙走,
卖完茶叶转回乡。

冬季采茶大雪飞,
情哥出门多穿衣;
妹在房中忙绣花,
绣朵茶花等哥回。

---

① 家什：家庭用具；器物。

四、盘花

丑白：
锣鼓莫打岔，
听我来盘花；
兄妹去薅草，
那是蒿蒿花；
姑娘踩软绳，
那是丝瓜花；
娃娃吹唢呐，
那是牵牛花；
上山遍地红，
那是映山花；
人人都爱它。
花灯一枝花，
金花银花金银花；
对花这里止，
下面来唱花；
有请幺妹子。

旦白：
来喽！

丑白：盘个四季花。

旦白：要得。

唱：
春季里来开百花，
啥子开花叶后发。

丑唱：
正月里来兰花开，
二月里来李花开。
三月里来杏花开……

旦白：不对。

丑唱：那是迎春花、油菜花、豌豆花……

旦白：不对、不对……

丑唱：原是一朵……

旦白：哪样？

丑唱：桃花开哎。

旦白：桃花开则甚。

合唱：蜜蜂采花来。

旦白：
夏季里来热洋洋，
啥子花开水中长？

丑白：
四月里来蒙花开，
五月里来榴花开，
六月里来棉花开……

旦白：不对。

丑白：那是南瓜花、冬瓜花、海椒花……

旦白：不对，不对……

丑白：原是一朵……

旦白：哪样？

丑白：荷花开哎……

旦白：荷花开则甚。

丑白：金鱼戏花来。

旦白：我再问你。

丑白：你问啥？

旦白：
秋季里来秋风凉，
啥子花开傲霜寒？

丑白：
我晓得啥。
七月里来谷花开，
八月里来桂花开，
九月里来梨花开……

旦白：不对。

丑白：难道是茄子花、苦瓜花、丝瓜花？

旦白：不对，不对……

丑白：那是一朵……

旦白：哪样？

丑白：菊花开哎。

旦白：菊花开则甚。

丑白：蝴蝶扑花来也……

旦唱：
冬季里来北风吹，
啥子花开披雪衣？

丑唱：
十月里来茶花开，
冬月里来雪花开，

腊月里来梦花开。
旦白：不对。
丑唱：那是月季花、茉莉花、鸡冠花……
旦白：不对、不对。

丑唱：原是一朵……
旦白：哪样？
丑唱：梅花开哎……
旦白：梅花开则甚。
丑唱：喜鹊闹梅来哎……

合唱：
四季花儿四季开，
四季花儿逗人爱；
哥是绿叶妹是花，
一枝鲜花月月开。

五、花调

正月逢春好唱花，
新官上任坐旧衙；
新官坐在旧衙里，
审不审案在随他。

二月逢春好唱花，
新打犁头配旧耙；
新耙下田不好打，
旧耙下田水牵花。

三月逢春好唱花，
后园阳雀叫喳喳；
一来催动阳春早，
二来催开牡丹花。

四月逢夏好唱花，
后园竹笋往上爬；
两个姐姐去搬笋，
梳起油头戴金花。

五月逢夏好唱花，
五只龙船顺水爬；
二十四块花桡桨，
桡来桡去水溅花。

六月逢夏好唱花，
六月太阳热喳喳，
将钱买把乌油伞，
上遮日头下遮花。

七月逢秋好唱花，
阎王放鬼转回家；
人人有个七月半，
户户烧起纸钱花。

八月逢秋好唱花，
八十婆婆摘棉花；
东边摘到西边转，
摘得头昏眼睛花。

九月逢秋好唱花，
请个弹匠到主家；
弹得棉絮厚又暖，
冬天不怕飘雪花。

十月逢冬好唱花，
请个机匠到主家；
机匠不织粗棉布，
要织绫罗绸缎花。

冬月逢冬好唱花，
请个裁缝到主家；
裁缝不缝粗棉布，
要缝绫罗绸缎花。

腊月逢冬好唱花，
请个染匠到主家；
染匠手艺精又巧，
染个喜鹊闹梅花。

六、四季观花

春季观花花飘飘，
拥护共产党领导；
增产节约热情高，
农民兄弟多勤劳。

夏季观花花儿香，
满山遍野庄稼旺；

你追我赶闹竞赛，
农村一派新气象。

秋季观花花儿红，
山山岭岭披锦绣；
男女老少收割忙，
丰收调子山歌喉。

冬季观花花儿艳，
大雪飘飘兆丰年；
喜鹊闹梅报春到，
家家户户迎新年。

七、桐子花开

桐子开花一大坡，
开的开来落的落；
先开的它结桐子，
后开的它做配角。

桐子开花一大坡，
桐子谢花占浇浇；
莫说桐子无用处，
桐油点灯四方照。

书房屋里照一盏，
手拿羊毫做文章；
写个天字天又大，
写个地字地又宽。

写个人字人长寿，
写个福字福寿长；
写个财字财满贯，
写个金字金满箩。

绣花房内照一盏，
手拿花针绣花忙；
绣个文官包文正，
绣个武官杨六郎。

观音老母照一盏，
莲花宝座亮堂堂；
龙宫殿内照一盏，
水晶宫里胜天堂。

八、盘四季花

（彭兴茂作词）

女：
正月子漂是新年，
幺妹子来了歪歪哟，
来盘花呀情郎哥哥。

男：
春季里来什么花儿开呀？

女：
春季里来迎春花儿开。

男：摘朵花儿幺妹戴。

女：迎春花不爱它，

男：幺妹爱戴什么花呀？

女：
大红花呀我爱它！
劳动致富人人夸呀。

男女合：
合：喔，唱：
原是一朵四季花儿开呦，
四季花儿开啰。

女：
五月子漂是端阳，
幺妹子来了歪歪哟，
来盘花呀情郎哥哥。

男：
夏季里来什么花儿开哎；

女：
夏季里来石榴花儿开吔，

男：
摘朵花儿幺妹戴呀，

女：
石榴花不爱它。

男：
幺妹爱戴什么花呀！

女：
大红花我爱它。
五好家庭人人夸。

合：喔，唱。
原是一朵四季花儿开啰。
四季花儿开啰。

女：
八月子漂是中秋，
幺妹子来了歪歪哟，
来盘花呀情郎哥哥。

男：
秋季里来什么花儿开呀？

女：
秋季里来桂是桂花开呀。

男：
桂花飘香妹要戴呀，

女：
桂花香呀，不爱它，

男：
妹子要戴什么花？

女：
大红花呀胸前挂，
经济发展奔小康。

93

合：喔。唱：
原是一朵四季花儿开咿，
四季花儿开啰。

女：
腊月子漂完一年，
幺妹子来了歪歪哟，
来盘花呀情郎哥哥。

男：
冬季里来什么花儿开？

女：
冬景里来梅是梅花开哟喂，

男：
摘杂花儿妹子戴。

女：
蜡梅花不爱它。

男：
妹子爱戴什么花呀！

女：
大红花，我爱它，
和谐社会人人夸。

合：喔。唱：
原是一朵四季花儿开吡，
四季花儿开啰！

九、团茶

（彭兴茂作词）

一张桌子四角方，
张郎改料鲁班装。
红花桌子当堂摆，
四根板凳镶两边。

玉石杯子摆八个，
象牙筷子摆八双。
不说茶来由此可，
说起茶来有根生。

寅卯之年秧茶子，
寅卯二年生茶秧。
寅卯三年茶长大，
妹妹茶山走一趟。

大姐采茶茶四月，
二姐采茶茶半斤。
采多采少转回程，
妹妹采来代花灯。

十、盘茶歌

说此茶，讲此茶，
说起此茶有根生，
此茶原是何人栽，
此茶原是何人兴。

孙猴四人去取经，
就把茶籽带上身，
东边地上栽几颗，
天干雨旱它没生。

西边地上种几棵，
天干雨早长成林，
管茶就是赖花子，
采茶就是金花娘。

西你山上叶发青，
采到家中把茶烹，
此茶才是真果茶，
煨①在罐中起绿霞，

好比天上嫦娥酒，
斟在杯中起莲花。
别人拿去无用处，
刘氏四娘谢金花。

一个茶盆②四角方，
张郎伐木鲁班镶，
上面镶起云牙板，
四个茶杯摆中间。
别人拿来无用处，
今夜拿茶来谢仙。

一张桌子四只角，
百益花茶要客喝，
高人贵客都吃上，
还剩二杯讲根源。

此茶本是来谢仙，
要请花灯主仙娘，
要请老少来看茶，
唱个采茶来闹玩。

一请采茶小姑娘，
二请七姐来了凡，
三请长幺赖花子，
四请八洞活神仙。

花灯盘茶未唱完，
要请主人多原谅，
才能知识未学好，
唱的跳的不周全。

---

① 煨：用文火加热。
② 茶盆：用于端茶上菜的方形木盘。

第九章

十字篇

一、一把扇子二边黄

一把扇子二边黄，
扇子上面画十样，
一画当初杨文广，
二画当初楚霸王，

三画桃园三结义，
四画张生跳粉墙，
五画五子登科早，
六画美女晒衣裳，

七画天仙七妹妹，
八画神仙吕洞宾，
九画九牛推车转，
十画太子坐朝纲。

二、搭子荷包二边花

搭子荷包二边花，
常德带着二百八；
哪有荷包这样贵，
照个样儿各人扎。

正月荷包绣起头，
你在绣来我在犹；
荷包绣起你拿去，
莫让荷包结怨愁。

二绣荷包二边黄，
扁担挑水担钩长；
灶房还有满缸水，
假装挑水去望郎。

三绣荷包三根纱，
三条大道走姐家；
金瓶提酒银杯劝，
三心二意莫去它。

四绣荷包四个头，
荷包上面绣石榴；
石榴绣在荷包上，
一绣荷包二配绸。

五绣荷包五色青，
等你荷包去当兵；
云南走到贵州转，
荷包绣起我转身。

六绣荷包六个轮，
荷包高头①绣功名；
功名绣在荷包上，
太阳不晒雨不淋。

七绣荷包七颗星，
绣起星子七个人；
这个荷包绣得好，
情妹费尽几多心。

八绣荷包八只角，
荷包角上绣雁鹅；
雁鹅绣在荷包上，
不见情妹见手脚。

---

① 高头：上面的意思。

九绣荷包九条龙，
九龙绣在荷包中；
劝郎莫在江边耍，
荷包落水影无踪。

十绣荷包绣得合，
绣起文武两状元；
绣起麒麟配狮子，
绣起情妹配情郎。

三、十把花扇

(彭兴茂整理)

一把花扇赞一分，
单表前朝穆桂英。
桂英打开天门阵，
阵阵不离女儿星。

二把花扇赞二分，
单表官员一个人。
官员骑匹胭脂马，
马上抛刀跳出城。

三把花扇赞三分，
单表包爷一个人。
包爷坐在开封府，
七十二案断得清。

四把花扇赞四分，
单表四姐一个人。
四姐下凡风和雨，
扰乱东京不太平。

五把花扇赞五分，
单表五郎一个人。
五郎怕死为和尚，
五台山上去修行。

六把花扇赞六分，
单表六郎一个人。
六郎生下杨宗保，
天门阵上结成亲。

七把花扇赞七分，
单表七姐一个人。
七姐坐在槐荫下，
配合董永结成亲。

八把花扇赞八分，
单表八郎一个人。
八郎偷偷去望母，
不到五更转回程。

九把花扇赞九分，
单表九郎一个人。
九郎本是真命主，
救出金龙马再兴。

十把花扇赞得全，
单表西京王玉莲。
玉莲是个真孝子，
杀破西京又团圆。

四、十绣花

一绣枝花呀，
一绣呀鞋呀；
正月十呀五花灯呀来，
闹呀闹元宵呀。
奴的哥呀哥，
闹呀闹元宵呀，
奴的哥呀哥。

二绣枝花呀，
二绣呀鞋呀；
燕子街呀泥梁呀上来，
砌呀砌雀窝呀。
奴的哥呀哥，
砌呀砌雀窝呀，
奴的哥呀哥。

三绣枝花呀，
三绣呀鞋呀；
后园的阳雀叫呀，
叫哀呀哀。
春呀春来早呀，
奴的哥呀哥；
春呀春来早呀，
奴的哥呀哥。

四绣枝花呀，
四绣呀鞋呀；
奴在田呀中使呀，
牛呀来。
功呀功苦大呀，
奴的哥呀哥；
功呀功苦大呀，
奴的哥呀哥。

五绣枝花呀，
五绣呀鞋呀；
新造龙呀船顺呀，
水呀来。
花呀花绕手呀，
奴的哥呀哥；
花呀花绕手呀，
奴的哥呀哥。

六绣枝花呀，
六绣呀鞋呀；
六月太呀阳当呀，
顶呀晒。
太呀太阳大呀，
奴的哥呀哥；
太呀太阳大呀，
奴的哥呀哥。

七绣枝花呀，
七绣呀鞋呀；
七月稻花呀香呀飘呀飘，
香呀香飘飘呀。
奴的哥呀哥，
香呀香飘飘呀，
奴的哥呀哥。

八绣枝花呀，
八绣呀鞋呀；
八月桂花呀十呀里呀香，
十呀十里香呀。
奴的哥呀哥，
十呀十里香呀，
奴的哥呀哥。

九绣枝花呀，
九绣呀鞋呀；
九月菊花呀满呀园呀开，
满呀满园开呀。
奴的哥呀哥，
满呀满园开呀，
奴的哥呀哥。

十绣枝花呀，
十绣呀鞋呀；
十月丰收呀喜呀开呀怀，
喜呀喜开怀呀。
奴的哥呀哥，
喜呀喜开怀呀，
奴的哥呀哥。

五、十唱古人

一唱古人是毛洪，
拆散姻缘为家穷；
今望不得成双对，
转过爹娘又相逢。

二唱古人吕蒙正，
破瓦窑中曾安生；
只因时运未曾到，
后来当宰坐朝廷。

三唱古人李三娘，
三娘受苦在磨房；
只有三娘受苦多，
原多提水进磨房。

四唱古人祝英台，
同到杭州读书来；

只有山伯情义好，
笔墨砚池共桌台。

五唱古人张果老，
果老从前把花栽；
把花栽在朝阳地，
眼泪不干为开台。

六唱古人杨文广，
忠心为国第一人；
凭着为人情义好，
今后住在柳州城。

七唱古人离家园，
离家求官十八年；
一时想起娇妻子，
眼泪汪汪落胸怀。

八唱古人是八仙，
八仙生在洞桃园；
离别妻子韩仙子，
后来得道又团圆。

九唱古人春花树，
许配玉梅郎一人；
夫妻情义如山重，
生也不分死不离。

十唱古人穆桂英，
宗保得配她一人；
娇妻学得古人样，
切莫丢郎一个人。

六、十爱

一爱姐的发，
头发二尺八。
梳起盘龙戴起花，
谁个不爱她。

二爱姐的簪，
簪是琵琶簪。
点翠金簪两头弯，
实是两头弯。

三爱姐的眉，
眉毛一展齐。
眉毛弯弯似画的，
好似笔画的。

四爱姐的脸，
脸是瓜子脸。
胭脂水粉团又圆，
团呀团又圆。

五爱姐的圈，
圈是金丝圈。
金丝圈子挂耳边，
挂在耳环边。

六爱姐的衣，
衣是真丝的。

衣服穿起走江西，
穿起走江西。

七爱姐的裤，
裤是花绸做。
裤子穿起走江湖，
穿起走江湖。

八爱姐的手，
手是尖尖手。
十指尖尖似笔头，
好像是笔头。

九爱姐的脚，
脚是尖尖脚。
脚板尖尖踩软索，
好似踩软索。

十爱姐的帕，
帕是青丝帕，
青丝帕子手中拿，
走路很文雅。

七、十送

一送郎的帽，
要须二边吊；
要须上面吊葡萄，
好比秦叔宝。

二送郎的衣，
四角一样齐；
送郎穿起走江西，
好比苏当基。

三送郎的裤，
缝着八尺布；
送郎穿起走江湖，
好比黄飞虎。

四送郎的鞋，
银勾两边排；
送郎穿起走长街，
好比蔡伯阶。

五送郎的袜，
缝着二尺八；
送郎穿起走长沙，
好比姜子牙。

六送郎的扇，
打开月半边；
送郎拿起过伏天，
好比刘知元。

七送郎的伞，
打开天花板；
紫竹把把青藤缠，
好比杨六郎。

八送郎的刀，
铁打金皮包；
送郎拿去称英豪，
好比杨宗保。

九送郎的弓，
丝弦两边绷；
送郎拿起称英雄，
好比小罗通！

十送郎的箭，
羽毛排两边；
送郎拿去射飞雁，
好比薛丁山。

八、唱十字（一）

一字写来一杆枪，
韩信追赶楚霸王；
霸王自刎乌江死，
十大功劳不久长。

二字写来二条龙，
仁贵打马去征东；
二神老将神通大，
四路人马闹哄哄。

三字写来分三当，
三人结义在桃园；
桃园内里设香案，
乌牛白马祭上天。

四字写来不留门，
黑脸包公不留情；
杀了亲侄把官罢，
又斩皇亲老文人。

五字写来排五方，
单骑千里关云长；
过了五关斩六将，
擂鼓王声斩蔡阳。

六字写来绿印印，
来赴先知是孔明；
借得东风杀曹兵，
八十三万用火焚。

七字写来斜斜上，
太宗围困在锁阳；
陈老将军搬救兵，
二路元即是罗成。

八字写来两把刀，
曹操搬兵战马超。
关公独当华容道，
张飞吼断当阳桥。

九字写来有一钩，
三顾茅庐刘皇叔；
初出茅庐显身手，
火烧博望败夏侯。

十字写来安四方，
大闹花灯是薛刚；
打死皇上七太子，
老王崩驾罪难当。

九、唱十字（二）

一字写来一条枪，
英雄不过薛丁山。
鞋子脱在踏凳前，
仁贵与妻溯根源。

二字写来一双筷，
梁山寨主是晁盖。
智取生辰夺钱财，
逼得杨志上山来。

三字写来象个川，
桃园结义刘关张。
过五关来斩六将，
擂鼓三声斩蔡阳。

四字写来一座城，
三国军师是孔明。
军师只算诸葛亮，
曹操想害万不能。

五字写来排五方，
只说吴国好心寒。
只有吴国帮兵将，
谁个邦兵敢阻拦。

六字写来叫文头，
思想三关说分忧。
叫仗盘娘是好手，
她杀飞米情不留。

七字写来左脚钩，
梁山时迁专门偷。
偷得徐宁宝甲走，
徐宁无奈上梁山。

八字写来两边排，
无情无义蔡伯阶。
害了前妻赵氏女，
罗裙兜土叠坟台。

九字写来左脚弯，
倒拔垂柳花和尚。
三拳打死镇关西，
酒醉大闹五台山。

十字写来穿心过，
前朝古人多又多。
东扯日头西扯雨，
年代久了想不起。

十、十字（一）

一字写来一横长，
沙陀搬兵李静王；
十三太保李成孝，
铁镐摆渡王颜章。

二字写来二条港，
刘秀十二走南阳；
摇旗马舞双救驾，
三十八宿闹昆阳。

三字写来一盆花，
周朝有个姜子牙；
身坐龙舟修八卦，
保得周朝八百八。

四字写来排四方，
武松打虎景阳岗；
景阳打虎威名大，
要到梁山投宋江。

五字写来照五门，
夜打登州小罗成；
三鞭二铜秦叔宝，
瓦岗寨上程咬金。

六字写来绿映映，
宋朝出了胡子兵；
阵前挂帅杨宗保，
大破天门穆桂英。

七字写来把脚跷，
仁贵出世保唐朝；
淤泥河中把主救，
龙门阵前立功劳。

八字写来两边分，
胡大海来常玉春；
前朝军师诸葛亮，
后朝军师刘伯温。

九字写来金钩挂，
唐朝又出李元霸；
娃娃身小力气大，
手拿铜锤八百八。

十字写来穿心过，
宋朝又出杨令婆；
令婆把住三关口，
千兵难过太阳河。

十一、十字（二）

一字一条街，
秦皇塞东海；
万里去城乡还在，
咸阳把兵派。

二字两离分，
仁贵去充军；
遇着仕贵那奸臣，
思想起黑心。

三字一二三，
谁在南牙江；
窦一虎来叫清在，
奉命下山来。

四字四角论，
仙女下凡尘；
四姐成配崔文顺，
大闹东京城。

五字作一笔，
飞虎访希溪；
天祥天化好武艺，
他是周朝人。

六字脚儿开，
才把战场摆；
百万雄兵要他带，
大战雄阔海。

七字把脚跷，
薛刚和薛蛟；
双双驸马保唐朝，
六王绣球抛。

八字两边排，
元帅与登台；
秦叔宝来挂了帅，
万营罗成来。

九字九重阳，
仁贵柳家庄；
他征东朱保唐王，
文书到中间。

十字穿心过，
宋朝杨令婆；
千兵难过乌江河，
白发高手坐。

十二、十想

一想梅梨黄，
想要摘颗尝；
又怕妹子你不肯，
心里好彷徨。

二想壶中酒，
喝了精神抖；
鼓起勇气来会妹，
说话不怕丑。

三想白莲藕，
芬芳田中有；
藕断丝连情义在，
哥愿跟妹走。

四想橘子结，
果子遮树叶；
大桃小桃长街卖，
托人妹说媒。

五想板栗落，
板栗两层壳；
剥开壳壳是未来，
情妹好出阁。

六想把竹栽，
竹子长成材；
青梅竹马情义重，
两小又无猜。

七想七仙娘，
不愿住天堂；
私奔下凡配董永，
人间留美谈。

八想八月瓜，
八月把口喳；
口尝瓜肉心里甜，
妹快嫁我家。

九想九重阳，
甜酒任妹尝；
酒不醉人人自醉，
想妹做新娘。

十想甘蔗甜，
甘蔗栽满园；
手牵妹子把园进，
今日好团圆。

十三、十望

一望奴的头，
头发黑黝黝；
三根丝线滚绣球，
样儿风摆柳。

二望奴的簪，
簪是琵琶簪；
点翠金簪两头弯，
头上闪金光。

三望奴的眉，
眉毛一样齐；
脸上好似鸡蛋成，
胭脂粉打的。

四望奴的手，
手似白莲藕；
金圈银圈带手上，
世上也少有。

五望奴的衣，
衣是绸缎衣；
红绫缎子十二匹，
杭州买来的。

六望奴的裙，
裙是紫罗裙；
八月十五闹沉沉，
裙上带响铃。

七望奴的裤，
裤是娑罗布；
新年穿起走人户，
众人都佩服。

八望奴的鞋，
鞋是轻便鞋；
杭州买的丝线来，
绣出情意来。

九望奴的脚，
金莲三寸脚；
走路犹如踩软索，
神仙从天落。

十望奴的相，
画都画不像；
言谈举止逗①人爱，
样子好漂亮。

十四、十绣

一绣香袋跟哥绣，
绣个狮子滚绣球；
绣球滚在郎身上，
郎解相思妹解愁。

五绣香袋五色绸，
妹绣香袋郎点头；
你要香袋带了去，
莫搭香袋结冤仇。

九绣香袋九点红，
香袋绣上九条龙；
戴起香袋过江去，
香袋着水变蛟龙。

二绣香袋装麝香，
一阵春风一阵香；
廿四般穿花线，
根根摆断妹心肠。

六绣香袋热洋洋，
梧桐树下躲阴凉；
端把椅子朝南坐，
十指尖尖绣鸳鸯。

十绣香袋绣须须，
绣上银鬃马一匹；
三十两银我不卖，
专等我郎他来骑。

三绣香袋绣磨房，
井边打水李三娘；
多多拜上奴夫君，
磨房生下咬脐郎。

七绣香袋绣七行，
用纸包起丢过墙；
我叫哥哥快捡起，
免得别人道短长。

四绣香袋绣白沙，
姐在房中剪窗花；
一对蜻蜓来点水，
一对蜜蜂来采花。

八绣香袋绣得多，
绣上娑罗树一棵；
东绣日头西绣雨，
小郎绣在云中躲。

---

① 逗：土家俗语，意思相当于"惹"。

十五、十绣荷包

（杨四方搜集于秀山里仁镇）

一绣荷包才起头，
荷包绣起滚绣球；
情郎莫嫌荷包小，
小小荷包解忧愁。

二绣荷包绣得忙，
荷包绣好拿送郎；
当着爹娘绣一个，
背着爹娘绣一双。

三绣荷包是清明，
后园阳雀叫沉沉；
一来催动阳春早，
二来催动采花人。

四绣荷包四点优，
多买红线数风流；
荷包送给小郎汇，
早解愁来衩解忧。

五绣荷包是端阳，
龙船下水闹洋洋；
河中摇的花挠桨，
两岸结彩喜洋洋。

六绣荷包绣太阳，
柳荫树下好乘凉；
端把椅子荫凉坐，
手拿荷包绣鸳鸯。

七绣荷包七点星，
把郎绣在月中心；
把郎绣在月中坐，
太阳不晒雨不淋。

八绣荷包绣八方，
把郎绣在月中央；
把郎绣在月中坐，
又绣双凤来朝阳。

九绣荷包绣菊红，
一绣狮子二绣龙；
我郎骑龙到处耍，
耀武扬威好威风。

十绣荷包绣得高，
千针万针要姐挑；
千针万针要姐绣，
绣个鲤鱼水上漂。

冬月荷包绣得多，
荷包绣好拿送哥；
情郎莫嫌针脚粗，
灯亮不好打黑摸。

腊月荷包绣一年，
为妹越绣心越甜；
月亮团圆是十五，
哥妹团圆哪一天？

十六、十劝

一劝世上读书人，
读好诗书定高升；
二劝当官戴乌纱，
先为民来后为家。

三劝种田庄稼人，
勤劳才有好收成；
四劝人前做公婆，
痛心晚辈莫要恶。

五劝人前做媳妇，
尊老爱幼要大度；
六劝人前为丈夫，
国事家事顶梁柱。

七劝为妻莫乱走，
里里外外好帮手；
八劝与人和为贵，
整人耍奸良心昧。

九劝为人忌赌博，
输了银钱划不着；
十劝为人心真黑，
安安稳稳度日月。

十七、倒十字

十字头上打一飘，
千万家财缠满腰。
九字右边加日字，
旭日东升有好事。
八字底下加一刀，
分明四季把财招。
七字头上带白字，
皂红皂绿主人事。
六字底下加个叉，
交朋结友主人家。
五字底下加个口，
吾作主人天下走。
四字底下加个贝，
买田买地人为贵。
三字中间下一笔，
王位终究是你的。
二字中间下一竖，
土地万顷家豪富。
一字中间下一竖，
十全十美得官做。

十八、十月贺新春

（海洋花灯古调，据五四村小沟组花灯艺人田茂忠口述，由彭兴茂、琅胜亚记录整理）

正月是新年，
仙子在中央。
人之初来性本善，
林英两无言。

二月元宵过，
何二惹下河。
教不严来师之惰，
何二早登科。

三月桃花红，
三姐在窑中。
曰南北来曰西东，
平贵一箭空。

四月四日时，
山伯去学习。
朝亦思来夕亦思，
山伯得相思。

五月是端阳。
龙船花鼓响。
百而千来千而万，
孔明过西川。

六月是三伏，
郎要下奎湖。
彼不教来自勤苦，
文王把卦卜。

七月七日夕，
安安去送米。
人不学来不知义，
婆婆无道理。

八月秋连君，
张公家不分。
孙而子来子而孙，
田园一万春。

九月是重阳，
昏君是纣王。
下有禹而上有汤，
一统是文王。

十月是立冬，
下后是以松。
瓦岗寨上徐茂公，
结拜众英雄。

十九、古城会(顺十字)

(根据田茂忠唱词整理)

一字写来一杆枪,
可恨曹操坑云长。
不辞而归他要走,
匹马单刀保皇娘。

二字写来筷一双,
曹操奸计万古传。
许褚张辽赐袍酒,
酒浇刀上火就燃。

三字写来亮三行,
苦了云长过五关。
闯关过界往前奔,
左膀又被暗箭伤。

四字写来把口关,
到了河边遇阻拦。
杀了秦琪惹了祸,
他是蔡阳外甥郎。

五字写来排五方,
蔡阳提刀追云长。
叫声好汉不要走,
追到古城战一场。

六字写来绿茵茵,
云长一心奔古城。
看到后面追兵拢,
讲尽好话不开门。

七字写来左脚弯,
张飞站在古城上。
张飞坐在古城内,
擂鼓三声斩蔡阳。

八字写来两边排,
张飞开门跪尘埃。
这面得罪二哥了,
二哥不笑不起来。

九字写来左脚抬,
云长大量又宽怀。
记得桃园义气重,
大笑三声请起来。

十字写来十穿心,
弟兄团圆在古城。
二弟发笑喜盈盈,
吩咐部下摆酒宴。

一杯酒、满满斟,
奉与二弟饮杯巡。
二弟吃杯落心酒,
曹营担尽几多心。

兄劝酒弟不敢饮,
将酒不饮奠神灵。
秉烛待旦保皇嫂,
半支蜡烛到天明。

二十、倒十字

且唱十字倒回身，
十字原来无有人。
十字头上打一撇，
千军万马齐登程。

且唱九字倒回身，
九字原来无有人。
九字旁边加人字，
有仇不报枉为人。

且唱八字倒回身，
八字原来无有人。
入字头下加刀字，
句句唱得更分明。

且唱七字倒回身，
七字原来无有人。
七字旁边加人字，
火化花灯不回程。

且唱六字倒回身，
六字原来无有人。
六字脚下打一人，
相交朋友亲上亲。

且唱五字倒回身，
五字原来无有人。
五字脚下加口字，
吾情八朋唱不成。

且唱四字倒回身，
四字原来无有人。
四字翻身跳上马，
大骂奴才不是人。

且唱三字倒回身，
三字原来无有人。
三字立起加一竖，
王母娘娘下凡尘。

且唱二字倒回身，
二字原来无有人。
二字横起加一横，
要学桃园三个人。

且唱一字倒回身，
一字原来无有人。
一字立起加一竖，
十五花灯跳得成。

二十一、十杯

（琅胜亚回忆整理）

一杯酒正月正，
朱洪武打马下南京。
前朝军师诸葛亮，
后朝军师刘伯温。

二杯酒龙抬头，
官家小姐抛打绣球。
绣球抛中薛平贵，
破瓦窑内结鸾俦。

三杯酒桃花红，
三国英雄赵子龙。
长坂坡前保阿斗，
万马营中显英雄。

四杯酒四月八，
唐朝有个李元霸。
他的武艺本领好，
手拿铜锤八百八。

五杯酒是端阳，
河下造船是鲁班。
二十四支花挠桨，
奋力齐划寻屈原。

六杯酒熟又热，
唐朝有个胡敬德。
人又黑来马又黑，
手拿钢鞭十八节。

七杯酒是月半，
梁山聚义是宋江。
聚拢一百单八将，
三败高俅后招安。

八杯酒是中秋，
中兴汉朝是刘秀。
大战昆阳败王莽，
稳固江山四百年。

九杯酒是重阳，
梁山伯来祝九郎。
杭州攻书三年满，
不知英台是女娘。

十杯酒正立冬，
武松打虎在山东。
为民除害真好汉，
梁山泊内称英雄。

二十二、十许

正月是元宵,
和姐初相交。
帮君为了君子好,
许郎花荷包。

二月惊势节,
情妹留郎歇。
三家者来以勇册,
许郎歇几夜?

三月桃花开,
郎打那边来。
桃之夭夭花正开,
许郎一双鞋。

四月插秧期,
和姐说书情。
王祥益母卧寒冰,
许郎花手巾。

五月是端阳,
美酒造雄黄。
孟子见了梁惠王,
许郎粉纸扇。

六月是三伏,
情妹受甘苦。
威威福旦旦福,
许郎纺绸裤。

七月是月半,
有话对郎谈。
有酒酌来先生装,
许郎钱几串。

八月是中秋,
郎要下苏州。
父母在来不远游,
许郎花枕头。

九月是重阳,
重阳菊花香。
周文武来称楚王,
许郎两成双。

十月大雪飞,
郎要早早归。
君子不重则不威,
许郎做一对。

二十三、十送

一送坤龙地，
主家好结义。
主家修造好华基，
幸福万年春。

二送好屋场，
主家修华堂。
八字朝门白粉墙，
主家好兴旺。

三送金柱头，
根根沉香木。
两边牌坊梭罗树，
修起好幸福。

四送子母梁，
生在昆龙山。
文官提笔安中央，
万伐好栋梁。

五送柏杨方，
云南赶雕匠。
雕起格子亮堂堂，
金鸡配凤凰。

六送格子门，
格子亮沉澄。
官家小姐踩五门，
家发万事兴。

七送玻璃灯，
高挂在五门。
五门内外亮晶晶，
主家代代兴。

八送八角楼，
四角对九州。
官家小姐上绣楼，
狮子滚绣球。

九送九龙盘，
夜夜更鼓响。
惊动太子金鸾殿，
美名天下扬。

十送满屋客，
客官怪不得。
满屋客官待不周，
口口叫多谢！

第十章

四季篇

一、十二月绣荷包

正月荷包绣起头，
绣起狮子滚绣球，
绣球落在黄河内，
打得黄河水倒流。

二月荷包绣桃花，
桃花开满情妹家，
新枝花开鸳鸯在，
情哥你要拿去它。

三月荷包绣清明，
阳雀飞进春竹林，
但愿风调又雨顺，
今年来个好收成。

四月荷包绣插秧，
荷包挂在郎胸膛，
风吹丝线根根动，
根根动在郎身上。

五月荷包绣瑞阳，
龙船下水闹长江，
河中当看花桡桨，
两边结彩结鸳鸯。

六月荷包绣太阳，
柳荫树下好歇凉，
搬把椅子朝阳坐，
手拿荷包绣得忙。

七月荷包绣妹忧，
荷包绣起隔墙丢，
郎把荷包来捡起，
别人捡去妹忧愁。

八月荷包绣八方，
上绣明月下绣霜，
上绣明月梭罗树、
下绣霜来必识郎。

九月荷包绣得红，
荷包绣起像条龙；
我郎骑龙江边过，
耀武扬威称英雄。

十月荷包绣成河，
荷包绣起送情哥，
我郎莫闲花线粗，
情妹只有这手脚。

冬月荷包绣白云，
大雪纷纷手不停，
心想荷包快绣起，
夜夜绣到天五更。

腊月荷包得一年，
情哥爱我我爱郎，
天上星星全快满，
十五和哥来团圆。

二、十二月望夫

正月望夫是新年，
玻璃灯盏挂堂前；
人家都吃新年酒，
唯有咱郎在外边。

二月望夫百花开，
犹如赵四望伯阶；
探得燕子来回春，
唯有夫君不转身。

三月望夫是清明，
家家户户去上坟；
别人上坟随夫走，
唯我美女独自行。

四月望夫采茶忙，
妹妹二人去茶山；
手辨茶树无心采，
一心思想我的郎。

五月望夫是端阳，
龙船花鼓闹江边；
别人都吃端阳酒，
唯有我郎在远方。

六月望夫六月六，
去年今日配佳偶；
想起当年恩爱好，
到今不会眼泪流。

七月望夫是中元，
户户家家祭租先；
妻子在家过月半，
思想我郎哭连天。

八月望夫是中秋，
月亮团圆唯我忧；
郎君一去无音信，
忧心挂念怎能丢。

九月望夫是重阳，
好比织女望牛郎；
别人都吃重阳酒，
唯我夫君未品尝。

十月望夫是立冬，
我郎一去不相逢；
前世不曾行善事，
至今夫妻不团圆。

冬月望夫大雪飘，
望夫望得好心焦；
天寒地冻路途远，
夫在外地受煎熬。

腊月望夫得一年，
想起夫君好心伤，
我夫筑城远方去，
夫妻长期不团圆。

三、十二月农忙

正月里来是新年，
娃娃得了压岁钱；
穿红戴绿看花灯，
鞭炮锣鼓响连天。

二月里来是春分，
春风吹动百草生；
荞麦绿豆田中长，
太平年间双收成。

三月里来是清明，
秧苗下种忙不赢；
扛起锄头去放水，
田中处处要耙平。

四月里来近夏天，
收了荞麦忙栽秧；
立夏已过到小满，
锄头犁耙准备全。

五月里来正农忙，
抢种抢收家家忙；
太阳红红早早起，
互帮互助过农忙。

六月天气似火烧，
谷在田中正打苞；
薅秧都是打早去，
晌午过后执心焦。

七月里来秋风凉，
谷子正在把花扬；
男在外面把田办，
女在家中缝衣裳。

八月里来是中秋，
谷子低头别事丢；
镰刀备好要磨快，
付斗箩筐备秋收。

九月里来是重阳，
家家门前菊花黄；
户户都泡菊花酒，
菊花美酒送客尝。

十月里来冷秋秋，
树上桐茶正好收；
茶枯桐枯做肥料，
茶籽桐籽好打油。

冬月里来大雪寒，
卖油买棉做衣裳；
大雪落地冷冻大，
树叶落地一生光。

腊月里来一年完，
家家户户过年忙；
门神对子都贴好，
备办年货去赶场。

四、十二月相思

正月相思正月正，
情姐得个相思病；
茶不饮来饭不吞，
瞒到爹妈不做声。

二月相思姐做鞋，
手搬鞋子怕人来；
针儿尖尖扎着手，
想起小郎泪满腮。

三月相思三月三，
桃子花开红满山；
情姐无心看桃花，
做双鞋子送郎穿。

四月相思四月八，
洗衣堂前把香插；
许愿小郎来过节，
情郎不来妹牵挂。

五月相思五月五，
水上传来龙船鼓；
情姐河边打一望，
盼着等哥过端午。

六月相思三伏天，
哥哥不来有半年；
不知哪点得罪哥，
望得情妹两眼穿。

七月相思七月七，
想是郎哥生了气；
牛郎织女鹊桥会，
哪桩事儿得罪你。

八月相思秋风凉，
情哥微信发一段；
开个视频讲一声，
像蜂采花请原谅。

九月相思九月九，
华为手机拿在手；
常开视频聊一聊，
海枯石烂情不丢。

十月相思下浓霜，
赶紧收拾笼和箱；
笼箱装满情和义，
早与情哥结成双。

冬月相思下大雪，
隔到情哥来不得；
有心不怕千里路，
妹妹骑马把郎接。

腊月相思过大年，
情郎就在姐面前；
随时跟着情妹走，
从此花好月常圆。

五、十二将

正月里、正月正，
洪武打马下南京；
保驾将军胡大海，
鞭打响刺常遇春。

二月里、龙抬头，
妲己修下摘星楼；
贾氏妇人坠楼死，
黄家父子反出头。

三月里来桃花红，
白马银枪赵子龙；
长坂坡前保幼主，
万马营中逞英雄。

四月里来上早秧，
中千娘娘去采桑；
遇见齐王射猎转，
桑园之中封昭阳。

五月里、是端阳，
刘秀十二走南阳；
姚期马武双救驾，
二十八宿闹昆阳。

六月里、季节忙，
山东有个赵玄郎；
兄妹二人曾结拜，
不远千里送京娘。

七月里、秋风凉，
程咬金斧劈老君堂，
尉迟恭曾把白袍访。
单雄信纵死不投唐。

八月里、是中秋，
杨广观花下扬州；
一心要去观花景，
万里江山一旦丢。

九月里、是重阳，
李逵下山去接娘；
梁山一百单八将，
一个更比一个强。

十月里、小阳春，
庞涓设计害孙膑；
任你用尽千般计，
马到岩前丧残生。

冬月里、小雪寒，
曹操领兵下江南；
孔明才把东风借，
庞统也曾献连环。

腊月里、是一年，
刘备关张结桃园；
弟兄徐州单失散，
古城相会又团圆。

六、听唱十二月

正月里来是新春，
观见梅花满树红。
梅花谢后还结子，
人死何曾再相逢。

二月里来桃花开，
亡人一去不面来。
儿女坟前烧张纸，
黄金归告百福来。

三月里来是清明，
儿女坟前去桂亲。
任你哭得肝肠断，
不见父母往前行。

四月里来好插秧，
在家农夫办田忙。
亡人有田耕不得，
好似儿女心唤断肠。

五月里来是端阳，
蜂糖米酒对雄黄。
亡人有酒吃不得，
你说凄凉不凄凉。

六月里来是热天，
苏州女子去采莲。
莲花采了叶又在，
亡人一共往西方。

七月里来是月半，
亡人回家领纸钱。
有儿有女多烧纸，
无儿无女空面乡。

八月中秋月明亮，
照见十国九州人。
亡人一到西天去，
又无影来又无形。

九月里来是重阳，
菊花儿通地香。
亡者他往西天去，
儿女哭得泪汪汪。

十月里来是立冬，
亲朋族友到家中。
儿孙满堂来观看，
不见父母在身旁。

冬月里来霜雪冻，
家家户户火炉红。
要得父母来相见，
昨有大梦又一场。

腊月里来要过年，
一年一度吃年饭。
家家火炮闹喧天，
不见亡人把碗端。

六月黄瓜出了世，
一人买点尝个新。
我将歌言要收检，
又请歌师上前行。

莫把我歌长久唱，
还说困子不通方。
哪位歌师接歌唱，
孝门感恩我感情。

七、唱十二月

正月古人正月正，
正月十五闹花灯。
前朝才把花灯闹，
父王踢下穆桂英。

二月里来百花开，
山伯访友空回来。
英台好言千万句，
莫把冤家记心怀。

三月古人是清明，
天门阵上有一人。
要问她人名和姓，
此人就是穆桂英。

四月古人四月四，
四娘配于崔文瑞。
只有四娘本领好，
去打东京永不回。

五月古人是端阳，
紫荆树下小寒王。
要问阴阳包丞相，
夜断阴来日断阳。

六月古人六阳阳，
把守三关杨六郎。
六郎要斩杨宗保，
山中来了穆桂英。

七月古人七月七，
牛郎织女正相会。
牛郎织女爱情好，
银河隔断两分离。

八月古人八月半，
八月十五月团圆。
月儿中央梭罗树①，
果老砍了千万年。

九月古人是重阳，
重阳造酒是杜康。
杜康仙人造美酒，
人人吃了发癫狂。

十月古人下大霜，
四郎失落在番邦。
要想回家把娘看，
三使走去空回转。

冬月古人冬月冬，
仁贵打马去征东。
征西还要征东将，
日访白袍尉迟恭。

腊月古人得一年，
太公坐在渭水前。
太公垂钓渭水上，
保得周朝八百年。

---

① 梭罗树：为梧桐科梭罗树属下的一个植物种。

八、四季唱闺女

春季里来暖洋洋,
闺女绣房针线忙。
绣朵红花绿叶配,
一只蜜蜂飞进房。

夏季里来活儿忙,
闺女河里洗衣裳。
清清河水波速波,
鱼儿成对又成双。

秋季里来谷场上,
闺女场上晒谷忙。
有钱粮的我不爱,
但愿嫁个知心郎。

冬季里来雪茫茫,
闺女给郎缝衣裳。
不量体裁难合身,
不见郎面泪汪汪。

九、正月是新年　花儿开满园

正月是新年,
花儿开满园,
满园的花儿开得没成行。

二月是惊蛰,
不知早和迟,
一年春早一年迟。

三月是清明。
花儿正生成,
吩咐妹妹挑水来。

四月是立夏,
花儿止发芽,
吩咐妹妹扯朴刺来扎。

五月是端阳,
花儿开满园,
满园花儿开得喜洋洋。

六月太阳大,
晒死牡丹花,
晒死牡丹不呀不发芽。

七月是月半,
花儿正好看,
两边搭起花栏杆。

八月是中秋,
花儿红忧忧,
老的摘了嫩的留。

九月是重阳,
花儿隔层墙,
隔墙花儿未成双。

十月是立冬,
花儿有一种,
过了今年明年称英雄。

十、洛阳桥

正月里来闹元宵,
状元要修洛阳桥;
顺河溜溜起呀,
桥体修得万丈高。

二月里来百花开,
南京有个下得海;
顺河溜溜起呀,
下海搬得龙王来。

三月里来是清明,
状元文公转回程;
顺河溜溜起呀,
三月十五下桥墩。

四月里来四月八,
桥儿修起八文八;
顺河溜溜起呀,
修起洛阳桥传天下。

五月里来是端阳,
缺少银钱修洛阳;
顺河溜溜起呀,
没钱另想二样方。

六月里来三伏天,
观音老母把桥观;
顺河溜溜起呀,
谁个不知女神仙。

七月里来是月半,
洛桥修起一多半;
顺河溜溜起呀,
两边修起双栏杆。

八月里来是中秋,
洛阳桥儿正在修;
顺河溜溜起呀,
杨四将军观四周。

九月里来菊花开,
洛桥九十九条街;
顺河溜溜起呀,
花花世界谁不爱。

十月里来小阳春,
洛阳桥来要修成;
顺河溜溜起呀,
阳雀过路远传名。

冬月里来冬月冬,
洛阳桥儿修完工;
顺河溜溜起呀,
桥通路通万事通。

腊月里来踩桥头,
官宦百姓上桥游;
顺河溜溜起呀,
团转走马转角楼。

十一、十二月采茶歌

出场女独唱：
妹妹双双去采茶，
不知茶叶发没发；
如是茶叶发得好，
抓紧时间去采茶。

女合唱（2、4、6、8等偶数个女子，两两牵手，边喝边跳，配有锣鼓花灯曲调，下同）：
正月采茶上茶山，
茶山高头叶不见；
茶山高头三根路，
不知哪根上茶山。

二月采茶百花香，
妹妹双双上茶山；
左有沟来右有弯；
中间大路上茶山。

三月采茶上茶山，
茶山阳雀叫昂昂，
一来催动阳春早，
二来催动茶叶长。

四月采茶四月八，
手拿黄苗田中插；
下来抓紧插秧子，
二来抓紧去采茶。

五月采茶是端阳，
龙船花鼓闹三边；
姐妹几人在茶山，
边采茶来边商量。

六月采茶热忙忙，
姐妹采茶摇花扇；
花扇好比海鸥飞，
姐采茶来妹歇凉。

七月采茶秋风凉，
处处茶叶遍山黄，
采茶季节要抓紧，
妹采茶来姐帮忙。

八月采茶是中秋，
姐妹采茶在山头，
阿打有话对我讲，
姐妹友谊紧相连。

九月采茶是重阳，
重阳采茶菊无香；
好吃不过菊花茶，
采了一篮又一篮。

十月采茶是立冬，
采茶季节莫放松，
莫等茶叶被霜打，
姐妹采茶比英雄。

冬月采茶下大霜，
茶叶掐得登了颠；
姐妹采茶细心点，
多为国家做贡献。

腊月采茶完一年，
茶山大路记心间，
姐采多来妹采少，
采多采少转回乡。

参考文献

［1］刘天学.秀山花灯灯调浅析［J］.重庆师范大学学报（哲学社会科学版），2005.

［2］彭福荣.重庆秀山花灯的历史起源、艺术内涵及文化价值［J］.重庆邮电大学学报（社会科学版），2012.

［3］王燕.中国民族民间音乐［M］.武汉理工大学出版社，2018.

［4］冯光钰.秀山花灯戏的历史积淀与现代传统［J］.中国音乐，2006.

［5］罗乐.秀山花灯的音乐特点与娱乐功能——兼及与当地民歌的关系［J］.重庆教育学院学报，2007.

［6］陈卓华.秀山花灯音乐之特征［J］.科学咨询（决策管理），2008.

［7］张精晶.秀山民歌的体裁与演唱特征［J］.北方音乐，2020.